चाणक्य नीति

सफलता पाने के सूत्र

मेहर चंद

प्रभाकर प्रकाशन

ISBN: 978-81-94415-18-3
eISBN: 978-93-89851-01-4

प्रकाशकः प्रभाकर प्रकाशन
प्लॉट नं.-55, मेन मदर डेयरी रोड
पांडव नगर, ईस्ट दिल्ली-110092
फोनः 011-40395855
व्हाट्स ऐपः +91 8447931000
ई-मेलः Sales@pharosbooks.in
वेबसाइटः www.pharosbooks.in
संस्करणः 2019
कवर डिज़ाइनः वीरेन्द्र सिंह भंडारी
इनर डिज़ाइनः सुरेन्द्र कुमार

चाणक्य नीति
लेखकः मेहर चंद

लेखकीय

आज हमारे देश की सामाजिक, आर्थिक और राजनीतिक का स्वरूप लगातार बदल रहा है। यदि देश के तमाम लोग मानव जीवन के मूल सिद्धांतों को अच्छी तरह समझकर उसे अमल में लाएँगे, तो उस देश की प्रजा उतनी ही अधिक सुखी होगी और शासक यशस्वी बनेंगे। यह सच आज भारतीय समाज और भारतीय राजनीति से बहुत दूर है। यहाँ प्रजा तो सुखी नहीं है, अलबत्ता राजनेता अपनी भावी पीढ़ियों के साथ बहुत ही अधिक खुश हैं। इन दिनों पूरे विश्व में अचानक कौटिल्य के अर्थशास्त्र की माँग बढ़ गई है। बड़े से बड़े मैनेजमेंट गुरु भी कंपनियों के सफल संचालन के लिए कौटिल्य के सूत्र वाक्यों को अमल में लाने लगे हैं। आज कौटिल्य के अर्थशास्त्र की तरह चाणक्यनीति भी विख्यात है। सबसे पहले यह भ्रम दूर कर लें कि चाणक्य और कौटिल्य अलग. -अलग हैं। वास्तव में चाणक्य और कौटिल्य एक ही व्यक्ति का नाम है।

इस पुस्तक में यह बताया गया है कि चाणक्यनीति के मूल में स्वार्थ नहीं, बल्कि परमार्थ है। यही कारण है कि चाणक्य अपने ग्रंथ के पहले ही श्लोक में तीन लोकों के नाथ ईश्वर को प्रणाम कर अपने ग्रन्थ की शुरूआत ग्रंथ का मंगलाचरण से करते हैं। ईश्वर के अस्तित्व को स्वीकार करना ही चाणक्य की राजनीति का सबसे महत्वपूर्ण सिद्धांत है। यदि किसी भी शासक को राजनीति में सफल होना है, तो उसे ईश्वर के अस्तित्व और धर्म के मूलभूत सिद्धांतों में श्रद्धा रखनी होगी।

पूरी दुनिया में भाषा, क्षेत्र, जाति-धर्म और सांप्रदायिक ताकतें लगातार बलशाली होती जा रहीं हैं। इसके रहते कोई भी शासक सफल नहीं हो

सकता। इसे ही ध्यान में रखकर अपनी दूरदर्शिता दिखाते हुए चाणक्य ने कहा था कि 'मैं यहाँ प्रजा के कल्याण के लिए राजनीति के ऐसे रहस्यों का उद्घाटन करुँगा, जिसे जानने के बाद व्यक्ति सर्वज्ञ बन जाएगा।' यहाँ पर चाणक्य ने व्यक्ति के लिए जिस 'सर्वज्ञ शब्द' का प्रयोग किया है, उसका आशय यही है कि ऐसा व्यक्ति संसार के सभी व्यवहारों को समझने लगेगा, अर्थात वह पूर्णत: व्यावहारिक हो जाएगा। उसका संबंध आध्यात्मिक जगत के साथ नहीं होगा। आध्यात्मिक दृष्टि प्राप्त करने वाले तो महात्मा होते हैं। चाणक्य दावे के साथ कहते हैं कि जो व्यक्ति मेरे ग्रंथ से राजनीति के इस विज्ञान को समझेगा, वही प्रजा का कल्याण कर पाएगा। चाणक्य ने यहाँ पर ज्ञान नहीं, बल्कि विज्ञान शब्द का प्रयोग किया है। राजनीति के सिद्धांतों का अभ्यास करने की क्रिया को ही ज्ञान कहा जाता है। इसे समाज के एक-एक व्यक्ति के हित में उसका उपयोग करना विज्ञान कहलाता है। ज्ञान की अपेक्षा विज्ञान अधिक सारगर्भित है। चाणक्य यह दावा नहीं करते कि इस ग्रंथ में जो कुछ लिखा गया है, वह मौलिक है। पहले ही श्लोक में वे कहते हैं कि अनेक शास्त्रों से चुन-चुनकर राजनीति की बातों को संपादित किया है। इस वाक्य से ही चाणक्य की ईमानदारी और पारदर्शिता झलकती है।

किसी भी ग्रंथ को पढ़ने और उसे अमल में लाने के पहले हमें यह जान लेना आवश्यक है कि इस ग्रंथ का अभ्यास करने से हमें क्या लाभ होगा? चाणक्य ने अपने ग्रंथ के प्रारंभ में ही इस प्रश्न का उत्तर दे दिया है। चाणक्य कहते हैं कि इस नीतिशास्त्र का ज्ञान भी सही अर्थो में समझा है, तो वे यह अच्छी तरह से जान जाएँगे कि कौन-सा कार्य अच्छा है और कौन-सा बुरा? इस माध्यम से उन्होंने उत्तम मनुष्य की व्याख्या भी कर दी है। उत्तम मनुष्य उसे कहते हैं, जो नीतिशास्त्र के मूल सिद्धांतों को स्वयं अमल में लाए। इसके आधार पर प्रजा को क्या करना चाहिए, क्या नहीं करना चाहिए, यह भी स्पष्ट हो जाएगा। ईष्ट क्या है और अनिष्ट क्या है, इसका भी बोध यह ग्रंथ कराएगा। चाणक्य

का नीतिशास्त्र प्रजा को सुखी बनाने का शास्त्र है। कोई भी व्यक्ति, जो सुखी होना चाहता है, उसे जीवन को दुःखी बनाने वाले तत्वों की पहचान पहले कर लेनी चाहिए। चाणक्य का नीतिशास्त्र बहुत ही व्या. वहारिक बातें करता है। इसी कारण सुख के साधनों की तलाश करने के बदले दुःख पैदा करने वाले साधनों को पहचान लेना चाहिए, ताकि सुख प्राप्त करने में ये तत्व बाधक न बनें। आखिर क्या हैं ये दुःख देने वाले तत्व? चाणक्य कहते हैं 'मूर्ख व्यक्ति को दिया जाने वाला उपदेश, कुलटा स्त्री का भरण-पोषण और दुःखी लोगों का संसर्ग विद्वानों को भी दुःखी बना देता है।' जिसे सुखी होना है, उसे कभी भी मूर्ख व्यक्ति को उपदेश नहीं देना चाहिए।

चाणक्य आज से 350-275 बी.सी. वर्ष पूर्व पैदा हुए थे। उसके समय की राजनीति और आज की राजनीति में जमीन-आसमान का अंतर है। चाणक्य ने अपने ग्रंथ में राजनीति के शाश्वत सिद्धांतों की चर्चा की है। राजनीति के साथ-साथ उन्होंने समाजशास्त्र के महत्वपूर्ण सिद्धांतों को भी समझाया है। यह सिद्धांत प्राचीन काल में जितने प्रासंगिक थे, आज भी उतने ही प्रासंगिक हैं।

विषय सूची

चाणक्य

चाणक्य ईसापूर्व 375 से ईसापूर्व 283 तक चन्द्रगुप्त मौर्य के महामंत्री थे। वे 'कौटिल्य' नाम से भी विख्यात हैं। उन्होने नंदवंश का नाश करके चन्द्रगुप्त मौर्य को राजा बनाया। उनके द्वारा रचित अर्थशास्त्र राजनीति, अर्थनीति, कृषि, समाजनीति आदि महान ग्रंन्थ है। अर्थशास्त्र को मौर्यकालीन भारतीय समाज का दर्पण माना जाता है।

मुद्राराक्षस के अनुसार इनका असली नाम 'विष्णुगुप्त' था। विष्णुपुराण, भागवत आदि पुराणों तथा कथासरित्सागर आदि संस्कृत ग्रंथों में तो चाणक्य का नाम आया ही है, बौद्ध ग्रंथो में भी इनकी कथा बराबर मिलती है। बुद्धघोष की बनाई हुई विनयपिटक की टीका तथा महानाम स्थविर रचित महावंश की टीका में चाणक्य का वृत्तांत दिया हुआ है। चाणक्य तक्षशिला के निवासी थे। इनके जीवन की घटनाओं का विशेष संबंध मौर्य चंद्रगुप्त की राज्यप्राप्ति से है। ये उस समय के एक प्रसिद्ध विद्वान थे, इसमें कोई संदेह नहीं। कहते हैं कि चाणक्य राजसी ठाट-बाट से दूर एक छोटी सी कुटिया में रहते थे।

पाटलिपुत्र के राजा नंद या महानंद के यहाँ कोई यज्ञ था। उसमें चाणक्य भी गए और भोजन के समय एक प्रधान आसन पर जा बैठे। महाराज नंद ने इनका काला रंग देख इन्हें आसन पर से उठवा दिया। इसपर क्रुद्ध होकर इन्होंने यह प्रतिज्ञा की कि जबतक मैं नंदों का नाश न कर लूँगा तबतक अपनी शिखा न बाँधूँगा। उन्हीं दिनों राजकुमार चंद्रगुप्त राज्य से निकाले गए थे। चद्रगुप्त ने चाणक्य से मेल किया और दोनों

आदमियों ने मिलकर म्लेच्छ राजा पर्वतक की सेना लेकर पाटलिपुत्र पर चढ़ाई की और नंदों को युद्ध में परास्त कर दिया।

नंदों के नाश के संबंध में कई प्रकार की कथाएँ हैं। कहीं लिखा है कि चाणक्य ने शकटार के यहाँ निर्माल्य भेजा, जिसे छूते ही महानंद और उसके पुत्र मर गए। कहीं विषकन्या भेजने की कथा लिखी है। मुद्राराक्षस नाटक को देखने से यह पता चलता है, कि नंदों का नाश करने पर भी महानंद के मंत्री राक्षस के कौशल और नीति के कारण चंद्रगुप्त को मगध का सिंहासन प्राप्त करने में बहुत आर्थिक कठिनाईयाँ झेलनी पडी। अंत में चाणक्य ने अपने नीतिबल से राक्षस को प्रसन्न किया और चंद्रगुप्त का मंत्री बनाया। बौद्ध ग्रंथो में भी इसी प्रकार की कथा है, केवल 'महानंद' के स्थान पर 'धननंद' है

यद्यपि कौटिल्य के जीवन के संबंध में प्रामाणिक तथ्यों का अभाव है। उनके जन्मस्थान के संबंध में भी मतभेद पाया जाता है।

कुछ विद्वानों के अनुसार कौटिल्य का जन्म पंजाब के 'चणक' क्षेत्र में हुआ था, जबकि कुछ विद्वान मानते हैं कि उनका जन्म दक्षिण भारत में हुआ था। कई विद्वानों का यह मत है कि वह कांचीपुरम के रहने वाले द्रविण ब्राह्मण थे। वह जीविकोपार्जन की खोज में उत्तर भारत आये थे। कुछ विद्वानों के मतानुसार केरल भी उसका जन्म स्थान बताया जाता है। कुछ विद्वानों ने उनका जन्म स्थान केरल को बताया है। कुछ विद्वानों के मतानुसार उनका जन्म स्थान केरल है। इस संबंध में उसके द्वारा चरणी नदी का उल्लेख इस बात के प्रमाण के रूप में दिया जाता है। कुछ सन्दर्भों में यह उल्लेख मिलता है कि केरल निवासी विष्णुगुप्त तीर्थाटन के लिए वाराणसी आया था, जहाँ उसकी पुत्री खो गयी। वह फिर केरल वापस नहीं लौटा और मगध में आकर बस गया। इस प्रकार के विचार रखने वाले विद्वान उन्हें केरल के कुतुल्लूर नामपुत्री वंश का वंशज मानते

हैं। कई विद्वानों ने उन्हें मगध का ही मूल निवासी माना है। कुछ बौद्ध साहित्यों ने उन्हें तक्षशिक्षा का निवासी बताया है। कौटिल्य के जन्मस्थान के संबंध में अत्यधिक मतभेद रहने के कारण निश्चित रूप से यह कहना कि उनका जन्म स्थान कहाँ था, कठिन है, परंतु कई सन्दर्भों के आधार पर तक्षशिला को उनका जन्म स्थान मानना ठीक होगा।

वी. के. सुब्रमण्यम ने कहा है कि कई सन्दर्भों में इस बात का उल्लेख मिलता है कि सिकन्दर को अपने आक्रमण के अभियान में युवा कौटिल्य से भेंट हुई थी। चूँकि अलेक्जेंडर का आक्रमण अधिकतर तक्षशिला क्षेत्र में हुआ था, इसलिए यह उम्मीद की जाती है कि कौ. टिल्य का जन्म स्थान तक्षशिला क्षेत्र में ही रहा होगा। कौटिल्य के पिता का नाम चणक था। वह एक गरीब ब्राह्मण था और किसी तरह अपना गुजर-बसर करता था। अतः स्पष्ट है कि कौटिल्य का बचपन गरीबी और दिक्कतों में गुजरा होगा। कौटिल्य की शिक्षा-दीक्षा के संबंध में कहीं कुछ विशेष जिक्र नहीं मिलता है, परन्तु उसकी बुद्धि की प्रखरता और उसकी विद्वता उसके विचारों से परिलक्षित होती है। वह कुरूप होते हुए भी शारीरिक रूप से बलिष्ठ था। उसकी पुस्तक 'अर्थशास्त्र' के अवलोकन से उसकी प्रतिभा, उसके बहुआयामी व्यक्तित्व और दूरदर्शिता का पूर्ण आभास होता है।

कौटिल्य के बारे में यह कहा जाता है कि वह बड़ा ही स्वाभिमानी एवं क्रोधी स्वभाव का व्यक्ति था। एक किंवदंती के अनुसार एक बार मगध के राजा महानंद ने श्राद्ध के अवसर पर कौटिल्य को अपमानित किया था। कौटिल्य ने क्रोध के वशीभूत होकर अपनी शिखा खोलकर यह प्रतिज्ञा की थी कि जब तक वह नंदवंश का नाश नहीं कर देगा तब तक वह अपनी शिखा नहीं बाँधेंगा। कौटिल्य के व्यावहारिक राजनीति में प्रवेश करने का यह भी एक बड़ा कारण था। नंदवंश के विनाश के

बाद उसने चन्द्रगुप्त मौर्य को राजगद्दी पर बैठने में हर संभव सहायता की। चन्द्रगुप्त मौर्य द्वारा गद्दी पर आसीन होने के बाद उसे पराक्रमी बनाने और मौर्य साम्राज्य का विस्तार करने के उद्देश्य से उसने व्यावहारिक राजनीति में प्रवेश किया। वह चन्द्रगुप्त मौर्य का मंत्री भी बना।

कई विद्वानों ने यह कहा है कि कौटिल्य ने कहीं भी अपनी रचना में मौर्यवंश या अपने मंत्रित्व के संबंध में कुछ नहीं कहा है, परंतु अधि कांश स्रोतों ने इस तथ्य की संपुष्टि की है। 'अर्थशास्त्र' में कौटिल्य ने जिस विजिगीषु राजा का चित्रण प्रस्तुत किया है, निश्चित रूप से वह चन्द्रगुप्त मौर्य के लिये ही संबोधित किया गया है।

भारत पर सिकन्दर के आक्रमण के कारण छोटे-छोटे राज्यों की पराजय से अभिभूत होकर कौटिल्य ने व्यावहारिक राजनीति में प्रवेश करने का संकल्प लिया। उसकी सर्वोपरि इच्छा थी भारत को एक गौरवशाली और विशाल राज्य के रूप में देखना। निश्चित रूप से चन्द्रगुप्त मौर्य उसकी इच्छा का केन्द्र बिन्दु था। आचार्य कौटिल्य को एक ओर पारंगत और दूरदर्शी राजनीतिज्ञ के रूप में मौर्य साम्राज्य का संस्थापक और संरक्षक माना जाता है, तो दूसरी ओर उन्हें संस्कृति साहित्य के इतिहास में अपनी अतुलनीय एवं अद्‌भुत कृति के कारण अपने विषय का एकमात्र विद्वान होने का गौरव प्राप्त है। कौटिल्य की विद्वता, निपुणता और दूरदर्शिता का बखान भारत के शास्त्रों, काव्यों तथा अन्य ग्रंथों में परिव्याप्त मिलता है। कौटिल्य द्वारा नंदवंश का विनाश और मौर्यवंश की स्थापना से संबंधित कथा विष्णु पुराण में आती है। विष्णुपुराण का समय चाणक्य के समय से बहुत पहले का है।

अति विद्वान और मौर्य साम्राज्य का महामंत्री होने के बावजूद कौ. टिल्य का जीवन सादगी का जीवन था। वह 'सादा जीवन उच्च विचार' का सही प्रतीक था। उसने अपने मंत्रित्वकाल में अत्यधिक सादगी का

जीवन बिताया। वह एक छोटा-सा मकान में रहता था और कहा जाता है कि उसके मकान की दीवारों पर गोबर के उपले थोपे रहते थे।

उसकी मान्यता थी कि राजा या मंत्री अपने चरित्र और ऊँचे आदर्शों के द्वारा लोगों के सामने एक प्रतिमान दे सकता है। उसने सदैव मर्यादाओं का पालन किया और कर्मठता की जिंदगी बितायी। कहा जाता है कि बाद में उसने मंत्री पद त्यागकर वानप्रस्थ जीवन व्यतीत किया था। वस्तुतः उसे धन, यश और पद का कोई लोभ नहीं था। सारतत्व में वह एक 'वितरागी', तपस्वी, कर्मठ और मर्यादाओं का पालन करनेवाला व्यक्ति था, जिसका जीवन आज भी अनुकरणीय है।

एक प्रकांड विद्वान तथा एक गंभीर चिंतक के रूप में कौटिल्य तो विख्यात है ही, एक व्यावहारिक एवं चतुर राजनीतिज्ञ के रूप में भी उसे ख्याति मिली है। नंदवंश के विनाश तथा मगध साम्राज्य की स्थापना एवं विस्तार में उसका ऐतिहासिक योगदान है। सालाटोर के कथनानुसार प्राचीन भारतीय राजनीतिक चिंतन में कौटिल्य का सर्वोपरि स्थान है। मैकियावेली की भाँति कौटिल्य ने भी राजनीति को नैतिकता से पृथक कर एक स्वतंत्र शास्त्र के रूप में अध्ययन करने का प्रयास किया है।

कौटिल्य का नाम, जन्मतिथि और जन्मस्थान तीनों ही विवाद के विषय रहे हैं। कौटिल्य के नाम के संबंध में विद्वानों के बीच मतभेद पाया जाता है। कौटिल्य के 'अर्थशास्त्र' के प्रथम अनुवादक पंडित शामाशास्त्री ने कौटिल्य नाम का प्रयोग किया है। 'कौटिल्य नाम' की प्रमाणिकता को सिद्ध करने के लिए पंडित शामाशास्त्री ने विष्णु-पुराण का हवाला दिया है जिसमें कहा गया है-

तान्नदान् कौटल्यो ब्राह्मणस्समुद्धरिष्यति।

इस संबंध में एक विवाद और उत्पन्न हुआ है और वह है कौ. टिल्य और कौटल्य का। गणपति शास्त्री ने 'कौटिल्य' के स्थान पर

'कौटल्य'को ज्यादा प्रमाणिक माना है। उनके अनुसार कुटल गोत्र होने के कारण कौटल्य नाम सही और संगत प्रतीत होता है। कामन्दकीय नीतिशास्त्र में अन्तर्गत कहा गया है-

कौटल्य इति गोत्रनिबन्धना विष्णु गुप्तस्य संज्ञा।

सांबाशिव शास्त्री ने कहा है कि गणपतिशास्त्री ने संभवत: कौटिल्य को प्राचीन संत कुटल का वंशज मानकर कौटल्य नाम का प्रयोग किया है, परन्तु इस बात का कहीं कोई प्रमाण नहीं मिलता है कि कौटिल्य, संत कुटल के वंश और गोत्र का था। 'कोटिल्य' और 'कौटल्य' नाम का विवाद और भी कई विद्वानों ने उठाया है। वी. ए. रामास्वामी ने गणपतिशास्त्री के कथन का समर्थन किया है। आधुनिक विद्वानों ने दोनों नामों का प्रयोग किया है। पाश्चात्य विद्वानों ने कौटल्य और कौटिल्य नाम के विवाद को अधिक महत्त्व नहीं दिया है। उनके मतानुसार इस प्रकार की भ्रांति हिज्जे के हेर-फेर के कारण हो सकती है। अधिकांश पाश्चात्य लेखकों ने कौटिल्य नाम का ही प्रयोग किया है। भारत में विद्वानों ने दोनों नामों का प्रयोग किया है, बल्कि ज्यादातर कौटिल्य नाम का ही प्रयोग किया है। इस संबंध में राधाकांत का कथन भी विशेष रूप से उल्लेखनीय है। उसने अपनी रचना 'शब्दकल्पद्रुम' में कहा है-

अस्तु कौटल्य इति वा कौटिल्य इति या चाणक्यस्य गोत्रनामधेयम।

कौटिल्य के और भी कई नामों का उल्लेख किया गया है। जिसमें चाणक्य नाम प्रसिद्ध है। कौटिल्य को चाणक्य के नाम से पुकारने वाले कई विद्वानों का मत है कि चाणक का पुत्र होने के कारण यह चाणक्य कहलाया। दूसरी ओर कुछ विद्वानों के कथनानुसार उसका जन्म पंजाब के चणक क्षेत्र में हुआ था, इसलिए उसे चाणक्य कहा गया है, यद्यपि इस संबंध में कोई स्पष्ट प्रमाण नहीं मिलता है। लेकिन एक बात स्पष्ट है कि कौटिल्य और चाणक्य एक ही व्यक्ति है।

उपर्युक्त नामों के अलावा उसके और भी कई नामों का उल्लेख मिलता है, जैसे विष्णुगुप्त। कहा जाता है कि उसका मूल नाम विष्णुगुप्त ही था। उसके पिता ने उसका नाम विष्णुगुप्त ही रखा था। कौटिल्य, चाणक्य और विष्णुगुप्त तीनों नामों से संबंधित कई सन्दर्भ मिलते हैं, किंतु इन तीनों नामों के अलावा उसके और भी कई नामों का उल्लेख किया गया है, जैसे वात्स्यायन, मलंग, द्रविमल, अंगुल, वारानक, कात्यान इत्यादि। इन भिन्न-भिन्न नामों में कौन सा सही नाम है और कौन-सा गलत नाम है, यह विवाद का विषय है। परन्तु अधिकांश पाश्चात्य और भारतीय विद्वानों ने 'अर्थशास्त्र' के लेखक के रूप में कौटिल्य नाम का ही प्रयोग किया है।

कुछ पाश्चात्य विद्वानों ने कौटिल्य के अस्तित्व पर ही प्रश्नवाचक चिह्न लगा दिया है। विन्टरनिन्ज, जॉली और कीथ के मतानुसार कौटिल्य नाम प्रतीकात्मक है, जो कूटनीति का प्रतीक है। जॉली ने तो यहाँ तक कह डाला है कि 'अर्थशास्त्र' किसी कौटिल्य नामक व्यक्ति की कृति नहीं है। यह किसी अन्य पंडित या आचार्य का रचित ग्रंथ है। शामाशास्त्री और गणपतिशास्त्री दोनों ने ही पाश्चात्य विचारकों के मत का खंडन किया है। दोनों का यह निश्चय मत है कि कौटिल्य का पूर्ण अस्तित्व था, भले ही उसके नामों में मतांतर पाया जाता हो। वस्तुतः इन तीनों पाश्चात्य विद्वानों के द्वारा कौटिल्य के अस्तित्व को नकारने के लिए जो बिंदु उठाए गए हैं, वे अनर्गल एवं महत्त्वहीन हैं। पाश्चात्य विद्वानों का यह कहना है कि कौटिल्य ने इस बात का कहीं उल्लेख नहीं किया है कि वह चन्द्रगुप्त मौर्य के शासनकाल में अमात्य या मंत्री था, इसलिए उसे 'अर्थशास्त्र' का लेखक नहीं माना जा सकता है। यह बचकाना तर्क है। कौटिल्य के कई सन्दर्भों से यह स्पष्ट हो चुका है कि उसने चन्द्रगुप्त मौर्य की सहायता से नंदवंश का नाश किया था और मौर्य साम्राज्य की स्थापना की थी।

कौटिल्य की कृतियों के संबंध में भी कई विद्वानों के बीच मतभेद पाया जाता है। कौटिल्य की कितनी कृतियाँ हैं, इस संबंध में कोई निश्चित सूचना उपलब्ध नहीं है। कौटिल्य की सबसे महत्त्वपूर्ण कृति अर्थशास्त्र की चर्चा सर्वत्र मिलती है, किन्तु अन्य रचनाओं के संबंध में कुछ विशेष उल्लेख नहीं मिलता है।

चाणक्य के शिष्य कामंदक ने अपने 'नीतिसार' नामक ग्रंथ में लिखा है कि विष्णुगुप्त चाणक्य ने अपने बुद्धिबल से अर्थशास्त्र रूपी महोदधि को मथकर नीतिशास्त्र रूपी अमृत निकाला। चाणक्य का 'अर्थशास्त्र' संस्कृत में राजनीति विषय पर एक विलक्षण ग्रंथ है। इसके नीति के श्लोक तो घर घर प्रचलित हैं। पीछे से लोगों ने इनके नीति ग्रंथों से घटा बढ़ाकर वृद्धचाणक्य, लघुचाणक्य, बोधिचाणक्य आदि कई नीतिग्रंथ संकलित कर लिए। चाणक्य सब विषयों के पंडित थे। 'विष्णुगुप्त सिद्धांत' नामक इनका एक ज्योतिष का ग्रंथ भी मिलता है। कहते हैं, आयुर्वेद पर भी इनका लिखा 'वैद्यजीवन' नाम का एक ग्रंथ है। न्याय भाष्यकार वात्स्यायन और चाणक्य को कोई कोई एक ही मानते हैं, पर यह भ्रम है जिसका मूल हेमचंद का यह श्लोक है:

वात्स्यायन मल्लनागः, कौटिल्यश्चणकात्मजः।

द्रामिलः पक्षिलस्वामी विष्णु गुप्तोऽगुलश्च सः।।

यों धातुकौटिल्या और राजनीति नामक रचनाओं के साथ कौटिल्य का नाम जोड़ा गया है। कुछ विद्वानों का यह मानना है कि 'अर्थशास्त्र' के अलावा यदि कौटिल्य की अन्य रचनाओं का उल्लेख मिलता है, तो वह कौटिल्य की सूक्तियों और कथनों का संकलन हो सकता है।

राज्य की उत्पत्ति के सन्दर्भ में कौटिल्य ने स्पष्ट रूप से कुछ नहीं कहा किन्तु कुछ संयोगवश की गई टिप्पणियों से स्पष्ट होता है कि वह

राज्य के दैवी सिद्धांत के स्थान पर सामाजिक समझौते का पक्षधर था। हॉब्स, लॉक तथा रूसो की तरह राज्य की उत्पत्ति से पूर्व की प्राकृतिक दशा को वह अराजकता की संज्ञा देता है। राज्य की उत्पत्ति तब हुई जब 'मत्स्य न्याय' के कानून से तंग आकर लोगों ने मनु को अपना राजा चुना तथा अपनी कृषि उपज का छठा भाग तथा स्वर्ण का दसवा भाग उसे देना स्वीकार किया। इसके बदले में राजा ने उनकी सुरक्षा तथा कल्याण का उत्तरदायित्व सँभाला। कौटिल्य राजतंत्र का पक्षधर है।

कौटिल्य ने पाश्चात्य राजनीतिक चिन्तकों द्वारा प्रतिपादित राज्य के चार आवश्यक तत्त्वों-भूमि, जनसंख्या, सरकार व सम्प्रभुता का विवरण न देकर राज्य के सात तत्त्वों का विवेचन किया है। इस सम्बन्ध में वह राज्य की परिभाषा नहीं देता किन्तु पहले से चले आ रहे सप्तांग सिद्धांत का समर्थन करता है। कौटिल्य ने राज्य की तुलना मानव-शरीर से की है तथा उसके सावयव रूप को स्वीकार किया है। राज्य के सभी तत्त्व मानव शरीर के अंगो के समान परस्पर सम्बन्धित, अंतर्निर्भर तथा मिल-जुलकर कार्य करते हैं-

स्वाम्यमात्यजनपददुर्गकोशदण्डमित्राणि प्रकृतयः

1. स्वामी (राजा) शीर्ष के तुल्य है। वह कुलीन, बुद्धिमान, साहसी, धैर्यवान, संयमी, दूरदर्शी तथा युद्ध-कला में निपुण होना चाहिए।

2. अमात्य (मंत्री) राज्य की आँखे हैं। इस शब्द का प्रयोग कौ. टिल्य ने मंत्रीगण, सचिव, प्रशासनिक व न्यायिक पदाधिकारियों के लिए भी किया है। वे अपने ही देश के जन्मजात नागरिक, उच्च कुल से सम्बंधित, चरित्रवान, योग्य, विभिन्न कलाओं में निपुण तथा स्वामीभक्त होने चाहिए।

3. जनपद (भूमि तथा प्रजा या जनसंख्या) राज्य की जंघाएँ अथवा पैर हैं, जिन पर राज्य का अस्तित्व टिका है। कौटिल्य ने उपजाऊ, प्राकृतिक संसाधनों से परिपूर्ण, पशुधन, नदियों, तालाबों तथा वन्यप्रदेश प्रधान भूमि को उपयुक्त बताया है।

जनसंख्या में कृषक, उद्यमी तथा आर्थिक उत्पादन में योगदान देने वाली प्रजा सम्मिलित है। प्रजा को स्वामिभक्त, परिश्रमी तथा राजा की आज्ञा का पालन करने वाला होना चाहिए।

4. दुर्ग (किला) राज्य की बाहें हैं, जिनका कार्य राज्य की रक्षा करना है। राजा को ऐसे किलों का निर्माण करवाना चाहिए, जो आक्रमक युद्ध हेतु तथा रक्षात्मक दृष्टिकोण से लाभकारी हों। कौटिल्य ने चार प्रकार के दुर्गों–औदिक (जल) दुर्ग, पर्वत (पहाड़ी) दुर्ग, वनदुर्ग (जंगली) तथा धन्वन (मरुस्थलीय) दुर्ग का वर्णन किया है।

5. कोष (राजकोष) राजा के मुख के समान है। कोष को राज्य का सर्वाधिक महत्त्वपूर्ण तत्त्व माना गया है, क्योंकि राज्य के संचालन तथा युद्ध के समय धन की आवश्यकता होती है। कोष इतना प्रचुर होना चाहिए कि किसी भी विपत्ति का सामना करने में सहायक हो। कोष में धन–वृद्धि हेतु कौटिल्य ने कई उपाय बताए हैं। संकटकाल में राजस्व प्राप्ति हेतु वह राजा को अनुचित तरीके अपनाने की भी सलाह देते है।

6. दण्ड (बल, डण्डा या सेना) राज्य का मस्तिष्क हैं। प्रजा तथा शत्रु पर नियंत्रण करने के लिए बल अथवा सेना अत्यधिक आवश्यक तत्त्व है। कौटिल्य ने सेना के छः प्रकार बताए हैं। जैसे–वंशानुगत सेना, वेतन पर नियुक्त या किराए के सैनिक, सैन्य निगमों के सैनिक, मित्र राज्य के सैनिक, शत्रु राज्य के सैनिक तथा आदिवासी सैनिक। संकटकाल में वैश्य तथा शूद्रों को भी सेना में भर्ती किया जा सकता है। सैनिकों को धैर्यवान, दक्ष, युद्ध–कुशल तथा राष्ट्रभक्त होना चाहिए। राजा को

भी सैनिकों की सुख-सुविधाओं का ध्यान रखना चाहिए। कौटिल्य ने दण्डनीति के चार लक्ष्य बताए हैं-अप्राप्य वस्तु को प्राप्त करना, प्राप्त वस्तु की रक्षा करना, रक्षित वस्तु का संवर्धन करना तथा संवर्धित वस्तु को उचित पात्रों में बाँटना।

7. सुहृद (मित्र) राज्य के कान हैं। राजा के मित्र शान्ति व युद्धकाल दोनों में ही उसकी सहायता करते हैं। इस सम्बन्ध में कौटिल्य सहज (आदर्श) तथा कृत्रिम मित्र में भेद करते हैं। सहज मित्र कृत्रिम मित्र से अधिक श्रेष्ठ होता है। जिस राजा के मित्र लोभी, कामी तथा कायर होते हैं, उसका विनाश अवश्यम्भावी हो जाता है।

इस प्रकार कौटिल्य का सप्तांग सिद्धांत राज्य के सावयव स्वरूप (Organic form)का निरूपण करते हुए सभी अंगो (तत्त्वों) की महत्त्वपूर्ण भूमिका पर प्रकाश डालता है। यद्यपि यह सिद्धांत राज्य की आधुनिक परिभाषा से मेल नहीं खाता, किन्तु कौटिल्य के राज्य में आधुनिक राज्य के चारों तत्त्व विद्यमान हैं। जनपद भूमि व जनसंख्या है, अमात्य सरकार का भाव है तथा स्वामी (राजा) सम्प्रभुत्ता का प्रतीक है। कोष का महत्त्व राजप्रबन्ध, विकास व संवर्धन में है तथा सेना आन्तरिक शान्ति व्यवस्था तथा बाहरी सुरक्षा के लिए आवश्यक है। विदेशी मामलों में मित्र महत्त्वपूर्ण भूमिका निभाता है, किन्तु दुर्ग का स्थान आधुनिक युग में सुरक्षा-प्रतिरक्षा के अन्य उपकरणों ने ले लिया है।

प्राचीन भारतीय राजनीतिक चिंतन का अनुकरण करते हुए कौटिल्य ने भी राजतंत्र की संकल्पना को अपने चिंतन का केन्द्र बनाया है। वह लौकिक मामलों में राजा की शक्ति को सर्वोपरि मानता है, परन्तु कर्त्तव्यों के मामलों में वह स्वयं धर्म में बँधा है। वह धर्म का व्याख्याता नहीं, बल्कि रक्षक है। कौटिल्य ने राज्य को अपने आप में साध्य मानते हुए

सामाजिक जीवन में उसे सर्वोच्च स्थान दिया है। राज्य का हित सर्वोपरि है जिसके लिए कई बार वह नैतिकता के सिद्धांतो को भी परे रख देता है।

कौटिल्य के अनुसार राज्य का उद्देश्य केवल शान्ति-व्यवस्था तथा सुरक्षा स्थापित करना नहीं, वरन् व्यक्ति के सर्वोच्च विकास में योगदान देना है।

❋❋❋

कौटिल्य और राज्य

वाह्य शत्रुओं तथा आक्रमणकारियों से राज्य को सुरक्षित रखना, आन्तरिक व्यवस्था न्याय की रक्षा तथा दैवी (प्राकृतिक आपदाओं) विपत्तियों- बाढ़, भूकंप, दुर्भिक्ष, आग, महामारी, घातक जन्तुओं से प्रजा की रक्षा राजा के कार्य हैं।

राजा धर्म- कुटनीति के अन्तर्गत राजधर्म का वर्जन मिलता है, जिसे राजा का धर्म माना जाता है।

स्वधर्म के अन्तर्गत वर्णाश्रम धर्म (वर्ण तथा आश्रम पद्धति) पर बल दिया गया है। यद्यपि कौटिल्य मनु की तरह धर्म को सर्वोपरि मानकर राज्य को धर्म के अधीन नहीं करता, किन्तु प्रजा द्वारा धर्म का पालन न किए जाने पर राजा धर्म का संरक्षण करता है।

राजा का कर्त्तव्य सर्वसाधारण के लिए सामाजिक न्याय की स्थापना करना है। सामाजिक व्यवस्था का समुचित संचालन तभी संम्भव है, जबकि पिता-पुत्र, पति-पत्नी, गुरु-शिष्य आदि अपने दायित्वों का निर्वाह करें। विवाह-विच्छेद की स्थिति में वह स्त्री-पुरुष के समान अधिकारों पर बल देता है। स्त्रीवध तथा ब्राह्मण-हत्या को गम्भीर अपराध माना गया है।

कौटिल्य के राज्य का कार्य-क्षेत्र अत्यन्त व्यापक है। वह राज्य को मानव के बहुमुखी विकास का दायित्व सौंपकर उसे आधुनिक युग का कल्याणकारी राज्य बना देता है। उसने राज्य को अनेक कार्य सौंपे हैं। जैसे- बाँध, तालाब व सिंचाई के अन्य साधनों का निर्माण, खानों का विकास, बंजर भूमि की जुताई, पशुपालन, वन्यविकास आदि। इनके अलावा सार्वजनिक मनोरंजन राज्य के नियंत्रण में था। अनाथों, निर्धनों,

अपंगो की सहायता, स्त्री सम्मान की रक्षा, पुर्नविवाह की व्यवस्था आदि भी राज्य के दायित्व थे।

इस प्रकार कौटिल्य का राज्य सर्वव्यापक राज्य है। जन-कल्याण तथा अच्छे प्रशासन की स्थापना उसका लक्ष्य है, जिसमें धर्म व नैतिकता का प्रयोग एक साधन के रूप में किया जाता है। कौटिल्य का कहना है,

''प्रजा की प्रसन्नता में ही राजा की प्रसन्नता है। प्रजा के लिए जो कुछ भी लाभकारी है, उसमें उसका अपना भी लाभ है।''

एक अन्य स्थान पर उसने लिखा ह-

''बल ही सत्ता है, अधिकार है। इन साधनों के द्वारा साध्य है प्रसन्नता।''

इस सम्बन्ध में सैलेटोरे का कथन है, ''जिस राज्य के पास सत्ता तथा अधिकार है, उसका एकमात्र उद्देश्य अपनी प्रजा की प्रसन्नता में वृद्धि करना है। इस प्रकार कौटिल्य ने एक कल्याणकारी राज्य के कार्यों को उचित रूप में निर्देशित किया है।''

कौटिल्य ने न केवल राज्य के आन्तरिक कार्य, बल्कि वाह्य कार्यों की भी विस्तार से चर्चा की है। इस सम्बन्ध में वह विदेश नीति, अन्तर्राष्ट्रीय सम्बन्धों तथा युद्ध व शान्ति के नियमों का विवेचन करता है।

कौटिल्य (चाणक्य) ने अपने मण्डल सिद्धांत में विभिन्न राज्यों द्वारा दूसरे राज्यों के प्रति अपनाई नीति का वर्णन किया। प्राचीन काल में भारत में अनेक छोटे-छोटे राज्यों का अस्तित्व था। शक्तिशाली राजा युद्ध द्वारा अपने साम्राज्य का विस्तार करते थे। राज्य कई बार सुरक्षा की दृष्टि से अन्य राज्यों से समझौता भी करते थे। कौटिल्य के अनुसार युद्ध व विजय द्वारा अपने साम्राज्य का विस्तार करने वाले राजा को अपने शत्रुओं की अपेक्षाकृत मित्रों की संख्या बढ़ानी चाहिए, ताकि शत्रुओं पर नियंत्रण रखा जा सके। दूसरी ओर निर्बल राज्यों को शक्तिशाली पड़ोसी राज्यों से सतर्क रहना चाहिए। उन्हें समान स्तर वाले राज्यों के साथ मिलकर

शक्तिशाली राज्यों की विस्तार-नीति से बचने हेतु एक गुट या 'मंडल' बनाना चाहिए। कौटिल्य का मंडल सिद्धांत भौगोलिक आधार पर यह दर्शाता है कि किस प्रकार विजय की इच्छा रखने वाले राज्य के पड़ोसी देश (राज्य) उसके मित्र या शत्रु हो सकते हैं। इस सिद्धांत के अनुसार मंडल के केन्द्र में एक ऐसा राजा होता है, जो अन्य राज्यों को जीतने का इच्छुक है, इसे ''विजीगीषु'' कहा जाता है। ''विजीगीषु'' के मार्ग में आने वाला सबसे पहला राज्य ''अरि'' (शत्रु) तथा शत्रु से लगा हुआ राज्य ''शत्रु का शत्रु'' होता है, अतः वह विजीगीषु का मित्र होता है। कौटिल्य ने ''मध्यम'' व ''उदासीन'' राज्यों का भी वर्णन किया है, जो सामर्थ्य होते हुए भी रणनीति में भाग नहीं लेते।

कौटिल्य का यह सिद्धांत यथार्थवाद पर आधारित है, जो युद्धों को अन्तर्राष्ट्रीय सम्बन्धों की वास्तविकता मानकर संधि व समझौते द्वारा शक्ति-सन्तुलन बनाने पर बल देता है।

❋❋❋

चाणक्य और विदेश नीति

कौटिल्य ने विदेश सम्बन्धों के संचालन हेतु छः प्रकार की नीतियों का विवरण दिया है–

1. संधि शान्ति बनाए रखने हेतु समतुल्य या अधिक शक्तिशाली राजा के साथ संधि की जा सकती है। आत्मरक्षा की दृष्टि से शत्रु से भी संधि की जा सकती है। किन्तु इसका लक्ष्य शत्रु को कालान्तर में निर्बल बनाना है।

2. विग्रह या शत्रु के विरुद्ध युद्ध का निर्माण।

3. यान या युद्ध घोषित किए बिना आक्रमण की तैयारी।

4. आसन या तटस्थता की नीति।

5. संश्रय अर्थात् आत्मरक्षा की दृष्टि से राजा द्वारा अन्य राजा की शरण में जाना।

6. द्वैधीभाव अर्थात् एक राजा से शान्ति की संधि करके अन्य के साथ युद्ध करने की नीति।

कौटिल्य के अनुसार राजा द्वारा इन नीतियों का प्रयोग राज्य के कल्याण की दृष्टि से ही किया जाना चाहिए।

कौटिल्य ने राज्य की विदेश नीति के सन्दर्भ में कूटनीति के चार सिद्धांतों साम (समझाना, बुझाना), दाम (धन देकर सन्तुष्ट करना), दण्ड (बलप्रयोग, युद्ध) तथा भेद (फूट डालना) का वर्णन किया। कौटिल्य के अनुसार प्रथम दो सिद्धांतों का प्रयोग निर्बल राजाओं द्वारा तथा अंतिम दो सिद्धांतों का प्रयोग सबल राजाओं द्वारा किया जाना चाहिए, किन्तु

उसका यह भी मत है कि साम दाम से, दाम भेद से और भेद दण्ड से श्रेयस्कर है। दण्ड (युद्ध) का प्रयोग अन्तिम उपाय के रूप में किया जाए, क्योंकि इससे स्वयं की भी क्षति होती है।

कौटिल्य ने गुप्तचरों के प्रकारों व कार्यों का विस्तार से वर्णन किया है। गुप्तचर विद्यार्थी गृहपति, तपस्वी, व्यापारी तथा विष -कन्याओं के रूप में हो सकते थे। राजदूत भी गुप्तचर की भूमिका निभाते थे। इनका कार्य देश-विदेश की गुप्त सूचनाएँ राजा तक पहुँचाना होता था। ये जनमत की स्थिति का आंकलन करने, विद्रोहियों पर नियंत्रण रखने तथा शत्रु राज्य को नष्ट करने में योगदान देते थे। कौटिल्य ने गुप्तचरों को राजा द्वारा धन व मान देकर सन्तुष्ट रखने का सुझाव दिया है।

❋❋❋

चाणक्य और मैं

यह सत्य है कि कौटिल्य ने राष्ट्र की रक्षा के लिए गुप्त प्रणिधियों के एक विशाल संगठन का वर्णन किया है। शत्रुनाश के लिए विषकन्या, गणिका, औपनिषदिक प्रयोग, अभिचार मंत्र आदि अनैतिक एवं अनुचित उपायों का विधान है और इस उद्देश्य की प्राप्ति के लिए महान धन–व्यय तथा धन–क्षय को भी **(सुमहताऽपि क्षयव्ययेन शत्रुविनाशोऽभ्युपगन्तव्यः)** राष्ट्र–नीति के अनुकूल घोषित किया है।

'कौटिल्य अर्थशास्त्र' में ऐसी चर्चाओं को देखकर ही मुद्राराक्षसकार कवि विशाखादत्त चाणक्य को कुटिलमति (कौटिल्यः कुटिलमतिः) कहा है और बाणभट्ट ने 'कौटिल्य अर्थशास्त्र' को 'निर्गुण' तथा 'अतिनृशंसप्रायोपदेशम्' (निर्दयता तथा नृशंसता का उपदेश देने वाला) कहकर निन्दित बतलाया है। 'मंजुश्री मूलकल्प' नाम की एक नवीन उपलब्ध ऐतिहासिक कृति में कौटिल्य को 'दुर्मति', क्रोधन और 'पापक' पुकारकर गर्हा का पात्र प्रदर्शित किया गया है।

प्राच्यविद्या के विशेषज्ञ अनेक आधुनिक पाश्चात्य विद्वानों ने भी उपर्युक्त अनैतिक व्यवस्थाओं को देखकर कौटिल्य की तुलना यूरोप के प्रसिद्ध लेखक और राजनीतिज्ञ मेकियावली से की है, जिसने अपनी पुस्तक 'द प्रिन्स' में राजा को लक्ष्य–प्राप्ति के लिए उचित अनुचित सभी साधनों का आश्रय लेने का उपदेश दिया है। विण्टरनिट्ज आदि पाश्चात्य विद्वान् कौटिल्य तथा मेकियावली में निम्नलिखित समानताएं प्रदर्शित करते हैं:

(क) मेकियावली और कौटिल्य दोनों राष्ट्र को ही सब कुछ समझते हैं। वे राष्ट्र को अपने में ही उद्देश्य मानते हैं।

(ख) कौटिल्य-नीति का मुख्य आधार है, 'आत्मोदयः परग्लानिः' अर्थात् दूसरों की हानि पर अपना अभ्युदय करना। मैकियावली ने भी दूसरे देशों की हानि पर अपने देश की अभिवृद्धि करने का पक्ष-पोषण किया है। दोनों एक समान स्वीकार करते हैं कि इस प्रयोजन की सिद्धि के लिए कितने भी धन तथा जन के व्यय से शत्रु का विनाश अवश्य करना चाहिए चाहे इसके लिए कितना भी धन तथा जन का व्यय करना पड़े।

(ग) अपने उद्देश्य की सिद्धि के लिए किसी भी साधन, नैतिक या अनैतिक, का आश्रय लेना अनुचित नहीं है। मैकियावली और कौटिल्य दोनों का मत है कि साध्य को सिद्ध करना ही राजा का एकमात्र लक्ष्य होना चाहिए। साधनों के औचित्य या अनौचित्य की उसे चिन्ता नहीं करनी चाहिए।

(घ) दोनों युद्ध को राष्ट्र-नीति का आवश्यक अंग मानते हैं। दोनों की सम्मति में प्रत्येक राष्ट्र को युद्ध के लिए उद्यत रहना चाहिए, क्योंकि इसी के द्वारा देश की सीमा तथा प्रभाव का विस्तार हो सकता है।

(ङ) अपनी प्रजा में आतंक स्थापित करके दृढ़ता तथा निर्दयता से उस पर शासन करना दोनों एक समान प्रतिपादित करते हैं। दोनों एक विशाल सुसंगठित गुप्तचर विभाग की स्थापना का समर्थन करते हैं, जो प्रजा के प्रत्येक पार्श्व में प्रवेश करके राजा के प्रति उसकी भक्ति की परीक्षा करे और शत्रु से सहानुभूति रखने वाले लोगों को गुप्त उपायों से नष्ट करने का यत्न करे।

कौटिल्य तथा मेकियावली में ऐसी सादृश्यता दिखाना युक्तिसंगत नहीं है। निस्सन्देह कौटिल्य भी मैकियावली के समान यथार्थवादी था और केवल आदर्शवाद का अनुयायी नहीं था। परन्तु यह कहना कि कौटिल्य ने धर्म या नैतिकता को सर्वथा तिलांजलि दे दी थी, सत्यता के विपरीत होगा। कौटिल्य ने 'अर्थशास्त्र' के प्रथम अधिकरण में ही स्थापना की है;

तस्मात् स्वधर्म भूतानां राजा न व्यभिचारयेत।
स्वधर्म सन्दधानो हि, प्रेत्य चेह न नन्दतिघ (1/3)

अर्थात् राजा प्रजा को अपने धर्म से च्युत न होने दे। राजा भी अपने ध र्म का आचरण करे। जो राजा अपने धर्म का इस भांति आचरण करता है, वह इस लोक और परलोक में सुखी रहता है।

इसी प्रथम अधिकरण में ही राजा द्वारा अमर्यादाओं को व्यवस्थित करने पर भी बल दिया गया है और वर्ण तथा आश्रम-व्यवस्था को सुदृढ़ करने के लिए आदेश दिया गया है। यहां पर वेदत्रयी तथा वैदिक अनुष्ठान को प्रजा के संरक्षण का मूल आधार बतलाया गया है। कौटिल्य ने स्थान-स्थान पर राजा को वृद्धों की संगत करने वाला, विद्या से विनम्र, जितेन्द्रिय और काम-क्रोध आदि शत्रु-षड्वर्ग का दमन करने वाला कहा है। ऐसा राजा अधार्मिक अथवा अत्याचारी बनकर किस प्रकार प्रजा-पीड़न कर सकता है? इसके विपरीत राजा को प्रजा के लिए पितृ-तुल्य कहा गया है, जो अपनी प्रजा का पालन-पोषण, संवर्धन, संरक्षण, भरण, शिक्षण इत्यादि वैसे ही करता है जैसा वह अपनी सन्तान का करता है।

यह ठीक है कि कौटिल्य ने शत्रुनाश के लिए अनैतिक उपायों को करने का भी उपदेश दिया है। परन्तु इस सम्बन्ध में अर्थशास्त्र के निम्न वचन को नहीं भूलना चाहिए:

एवं दूष्येषु अधार्मिकेषु वर्तेत, न इतरेषु। (5/2)

अर्थात् इन कूटनीति के उपायों का व्यवहार केवल अधार्मिक एवं दुष्ट लोगों के साथ ही करे, धार्मिक लोगों के साथ नहीं। (धर्मयुद्ध में भी अधार्मिक व्यवहार सर्वथा वर्जित था। केवल कूट-युद्ध में अधार्मिक शत्रु को नष्ट करने के लिए इसका प्रयोग किया जा सकता था।)

२५० ईसापूर्व में मौर्य साम्राज्य पर अपने चरमोत्कर्ष पर था। यह साम्राज्य मुगल साम्राज्य या ब्रिटिश साम्राज्य से भी विशाल था।

कौटिल्य का राज्य-सिद्धांत भारतीय राजनीतिक चिन्तन की महत्त्वपूर्ण देन है। उसने राजनीति शास्त्र को धार्मिकता की ओर अधिक झुके होने की प्रवृत्ति से मुक्त किया। यद्यपि वह धर्म व नैतिकता का विरोध नहीं करता, किन्तु उसने राजनीति को साधारण नैतिकता के बन्धनों से मुक्त रखा है। इस दृष्टि से उसके विचार यूरोपीय दार्शनिक मैकियावेली के विचारों का पूर्व संकेत प्रतीत होते हैं। इस आधार पर उसे ''भारत का मैकियावेली'' भी कहा जाता है। सेलीटोर का मत है कि कौटिल्य की तुलना अरस्तु से करना उचित होगा, क्योंकि दोनों ही सत्ता हस्तगत करने के स्थान पर राज्य के उद्देश्यों को अधिक महत्त्व देते हैं। यथार्थवादी होने के नाते कौटिल्य ने राज्य के व्यवहारिक पक्ष पर अधिक ध्यान केन्द्रित किया है। कौटिल्य का राज्य यद्यपि सर्वाधिकारी है, किन्तु वह जनहित के प्रति उदासीन नहीं है।

❋❋❋

स्वभाव हंस के जैसा नहीं होना चाहिए

घर-परिवार और समाज में हमारा व्यवहार कैसा होना चाहिए, हमें अन्य लोगों के साथ कैसे रहना चाहिए, हमारा रिश्ता कैसा हो? इस संबंध आचार्य चाणक्य ने कुछ नीतियां बताई।

आचार्य चाणक्य कहते हैं कि-

यत्रोदकस्तत्र वसन्ति हंसा स्तथैव शुष्कं परिवर्जयन्ति।

न हंसतुल्येन नरेण भाव्यं पुनस्त्यजन्तः पुनराश्रयन्तः॥

जिस स्थान पर जल रहता है हंस वही रहते हैं। हंस उस स्थान को तुरंत ही छोड़ देते हैं जहां पानी नहीं होता है। हमें हंसों के समान स्वभाव वाला नहीं होना चाहिए।

आचार्य चाणक्य कहते हैं कि हमें कभी भी अपने मित्रों और रिश्तेदारों का साथ नहीं छोड़ना चाहिए। जिस प्रकार हंस सूखे तालाब को तुरंत छोड़ देते हैं, इंसान का स्वभाव वैसा नहीं होना चाहिए। यदि तालाब में पानी न हो तो हंस उस स्थान को भी तुरंत छोड़ देते हैं जहां वे वर्षों से रह रहे हैं। बारिश के बाद तालाब में जल भरने के बाद हंस वापस उस स्थान पर आ जाते हैं। हमें इस प्रकार का स्वभाव नहीं रखना चाहिए। अपने मित्रों और रिश्तेदारों का सुख-दुख एवं हर परिस्थिति में साथ नहीं छोड़ना चाहिए। एक बार जिससे संबंध बनाया जाए उससे हमेशा निभाना चाहिए। हंस के समान स्वार्थी स्वभाव का नहीं होना चाहिए।

❋❋❋

जो काम हमें नहीं करने चाहिए

आचार्य चाणक्य ने हमारे जीवन को सुखी बनाए रखने के लिए कई नीतियां बताई हैं। इन नीतियों में कई रहस्य छिपे हुए हैं, जिनसे हमें सुख और दुख की भी जानकारी प्राप्त हो जाती है।

आचार्य चाणक्य ने एक नीति में तीन काम ऐसे बताए हैं, जिन्हें करने में हमें शर्म नहीं करना चाहिए। जो लोग इन कामों में शर्म करते हैं, उन्हें भविष्य में नुकसान हो सकता है।

आचार्य चाणक्य कहते हैं कि...

धनधान्यप्रयोगेषु विद्यासंग्रहणे तथा।
आहारे व्यवहारे च त्यक्तलज्जः सुखी भवेत्॥

धन संबंधी काम में न करें शर्म

जो भी व्यक्ति धन से संबंधित कार्यों में शर्म करता है, उसे धन हानि का सामना करना पड़ता है। यदि किसी व्यक्ति को उधार दिया गया पैसा वापस लेना है और हम शर्म के कारण उससे पैसा मांग नहीं पा रहे हैं तो यह निश्चित है कि धन हानि होगी। अतः धन संबंधी कार्यों में शर्म नहीं करना चाहिए।

भोजन करने में न करें शर्म

यदि कोई व्यक्ति भोजन करने में शर्म करता है तो वह भूखा ही रह जाएगा। कभी-कभी कुछ लोग रिश्तेदारों के यहां या मित्रों के यहां भोजन करते समय शर्म करते हैं तो वे भरपेट खाना नहीं खा पाते हैं और भूखे ही रह जाते हैं। खाना खाने में कभी भी शर्म नहीं करना चाहिए।

गुरु से ज्ञान लेने में न करें शर्म

अच्छा विद्यार्थी वही है जो बिना शर्म किए अपने गुरु से सभी जिज्ञासाओं का उत्तर प्राप्त करता है। शिक्षा प्राप्त करने में जो विद्यार्थी शर्म करता है, वह अज्ञानी ही रह जाता है। विद्यार्थी को पढ़ाई करते समय शर्म न करते हुए सभी प्रश्नों के उत्तर गुरु से प्राप्त कर लेना चाहिए। ताकि भविष्य में किसी विषय में अज्ञानी होने की स्थिति से बचा जा सके।

महिलाओं से जुड़ी महत्त्वपूर्ण बातें

आचार्य चाणक्य ने चाणक्य नीति नामक ग्रंथ की रचना की थी। इस ग्रंथ में स्त्री और पुरुष के लिए कई उपयोगी नीतियां बताई गई हैं। ये नीतियां आज भी कई बातों का सटीक जवाब हैं।

पहली नीति

मूर्खशिष्योपदेशेन दुष्टास्त्रीभरणेन च।
दु:खिते सम्प्रयोगेण पण्डितोऽप्यवसीदति॥

इस श्लोक में आचार्य कहते हैं कि मूर्ख शिष्य को उपदेश देने पर, चरित्रहीन स्त्री का पालन-पोषण करने पर, किसी दुखी व्यक्ति के साथ रहने पर दुख ही प्राप्त होता है।

दूसरी नीति

दुष्टा भार्या शठं मित्रं भृत्यश्चोत्तरदायकः।
स-सर्पे च गृहे वासो मृत्युरेव न संशयः॥

इस श्लोक के अनुसार यदि कोई स्त्री दुष्ट स्वभाव वाली है, हमेशा कठोर वचन बोलने वाली है, चरित्रहीन है तो उसे छोड़ देना चाहिए या उससे दूर हो जाना चाहिए। इसी प्रकार किसी नीच व्यक्ति से भी किसी प्रकार का व्यवहार नहीं रखना चाहिए। जो नौकर अपने मालिक का आदेश नहीं मानता हो उसे कार्य से मुक्त कर देना चाहिए और जिस घर

के आसपास सांप रहते हों वहां नहीं रहना चाहिए। जो भी व्यक्ति इन बातों का पालन नहीं करता है उसे मृत्यु के समान कष्ट भोगने पड़ते हैं।

तीसरी नीति

आपदर्थे धनं रक्षेद्दारान् रक्षेद्धनैरपि।
आत्मानं सततं रक्षेद् दारैरपि धनैरपि॥

इस श्लोक के अनुसार किसी भी श्रेष्ठ पुरुष को आपत्तिकाल के लिए धन बचाकर रखना चाहिए। धन से भी अधिक अपनी पत्नी की रक्षा करनी चाहिए और पत्नी से भी ज्यादा स्वयं की रक्षा करनी चाहिए, क्योंकि पति सुरक्षित रहेगा तभी उसका परिवार भी सुरक्षित रहेगा।

चौथी नीति

यस्य पुत्रो वशीभूतो भार्या छन्दानुगामिनी।
विभवे यश्च सन्तुष्टस्तस्य स्वर्ग इहैव हि॥

आचार्य कहते हैं कि किसी पुरुष का पुत्र आज्ञाकारी हो और पत्नी वश में हो तथा धन की कोई कमी न हो तो उसका जीवन किसी स्वर्ग के समान ही है।

प्राचीन समय से ही पुरुषों के लिए स्त्री सुख सबसे अधिक महत्वपूर्ण रहा है। आज भी पुरुषों के लिए स्त्रियों का आकर्षण सर्वाधिक बना हुआ है। पुरुष चाहे जवान हो या वृद्ध, उसके मन में स्त्रियों के लिए विशेष स्थान रहता है। आचार्य चाणक्य ने पुरुषों के लिए एक अवस्था ऐसी बताई है, जब उनके लिए स्त्री किसी विष के समान हो जाती है। चाणक्य कहते हैं कि...

अनभ्यासे विषं शास्त्रमजीर्णे भोजनं विषम्।
दरिद्रस्य विषं गोष्ठी वृद्धस्य तरुणी विषम्॥

अनभ्यासे विषं शास्त्रम्

आचार्य इस श्लोक में कहते हैं कि 'अनभ्यासे विषं शास्त्रम्' यानी किसी भी व्यक्ति के लिए अभ्यास के बिना शास्त्रों का ज्ञान विष के समान है। शास्त्रों के ज्ञान का निरंतर अभ्यास किया जाना चाहिए। यदि कोई व्यक्ति बिना अभ्यास किए स्वयं को शास्त्रों का ज्ञाता बताता है तो भविष्य में उसे पूरे समाज के सामने अपमान का सामना करना पड़ सकता है। ज्ञानी व्यक्ति के लिए अपमान किसी विष के समान ही है। इसीलिए कहा जाता है कि अधूरा ज्ञान खतरनाक होता है।

अजीर्णे भोजनं विषम्

चाणक्य ने बताया है कि 'अजीर्णे भोजनं विषम्' यानी यदि व्यक्ति का पेट खराब हो तो उस अवस्था में भोजन विष के समान होता है। पेट स्वस्थ हो, तब तो स्वादिष्ट भोजन देखकर मन तुरंत ही ललचा जाता है, लेकिन पेट खराब होने की स्थिति में छप्पन भोग भी विष की तरह प्रतीत होते हैं। ऐसी स्थिति में उचित उपचार से पूर्व स्वादिष्ट भोजन से भी दूर रहना ही श्रेष्ठ रहता है।

दरिद्रस्य विषं गोष्ठी

इस श्लोक में चाणक्य ने आगे बताया है कि दरिद्रस्य विषं गोष्ठी यानी किसी गरीब व्यक्ति के लिए कोई सभा या समारोह विष के समान होता है। किसी भी प्रकार की सभा हो, आमतौर वहां सभी लोग अच्छे वस्त्र धारण किए रहते हैं। अच्छे और धनी लोगों के बीच यदि कोई गरीब व्यक्ति चला जाएगा तो उसे अपमान का अहसास होता है। इसीलिए चाणक्य कहते हैं कि किसी स्वाभिमानी गरीब व्यक्ति के लिए सभा में जाना ही विषपान करने जैसा है।

वृद्धस्य तरुणी विषम

इस श्लोक के अंत में चाणक्य कहते हैं कि 'वृद्धस्य तरुणी विषम्' यानी किसी वृद्ध पुरुष के लिए नवयौवना विष के समान होती है। यदि कोई वृद्ध या शारीरिक रूप से कमजोर पुरुष किसी सुंदर और जवान स्त्री से विवाह करता है तो वह उसे संतुष्ट नहीं कर पाएगा। अधिकांश परिस्थितियों में वैवाहिक जीवन तभी अच्छा रह सकता है, जब पति-पत्नी, दोनों एक-दूसरे को शारीरिक रूप से भी संतुष्ट करते हैं। यदि कोई वृद्ध पुरुष नवयौवना को संतुष्ट नहीं कर पाता है तो उसकी पत्नी पथ भ्रष्ट हो सकती है। पत्नी के पथ भ्रष्ट होने पर पति को समाज में अपमान का सामना करना पड़ता है। ऐसी अवस्था में किसी भी वृद्ध और कमजोर पुरुष के लिए नवयौवना विष के समान होती है।

❋❋❋

परख

सभी लोग जानना चाहते हैं कि हमारे आसपास रहने वाले लोग अच्छे हैं या नहीं, उनका स्वभाव कैसा है। किसी भी व्यक्ति को परखने के लिए आचार्य चाणक्य ने एक सटीक नीति बताई है। यदि इस नीति में बताई गई बातों के आधार पर किसी स्त्री या पुरुष को परखेंगे तो व्यक्ति के संबंध में सही जानकारी प्राप्त की जा सकती है।

आचार्य कहते हैं कि–

यथा चतुर्भिः कनकं परीक्ष्यते निघर्षणं छेदनतापताडनैः।
तथा चतुर्भिः पुरुषं परीक्ष्यते त्यागेन शीलेन गुणेन कर्मणा॥

इस श्लोक में चाणक्य कहते हैं स्वर्ण को परखने के लिए हमें चार काम करना चाहिए। ये चार काम हैं– सोने को रगड़ना चाहिए, काट कर देखना चाहिए, आग में तपा कर परखना चाहिए और सोने को पीट कर परखना चाहिए। ये चार काम करने के बाद ही शुद्ध सोने की परख की जा सकती है। यदि सोने में मिलावट होगी तो इन चार कामों से वह सामने आ जाती है।

इन चार बातों से परखना चाहिए व्यक्ति को

किसी भी व्यक्ति को परखने के लिए आचार्य चाणक्य ने चार बातें बताई हैं। इन बातों के आधार पर व्यक्ति की अच्छाई और बुराई सामने आ सकती है।

पहली बात

किसी भी व्यक्ति को परखने के लिए सबसे पहले उसकी त्याग क्षमता देखनी चाहिए। यदि कोई व्यक्ति दूसरों के सुख के लिए खुद के सुख का त्याग कर सकता है तो वह निःसंदेह श्रेष्ठ व्यक्ति होता है। जिन

लोगों में त्याग की भावना का अभाव होता है, वे कभी भी श्रेष्ठ इंसान नहीं बन पाते हैं। त्याग की भावना के बिना व्यक्ति किसी का भला नहीं कर पाता है।

दूसरी बात

व्यक्ति को परखने की प्रक्रिया में दूसरी बात है, चरित्र देखना। जिन लोगों का चरित्र बेदाग है यानी जो लोग बुराइयों से दूर रहते हैं और दूसरों के प्रति गलत भावनाएं नहीं रखते हैं, वे श्रेष्ठ होते हैं। यदि किसी व्यक्ति का चरित्र दूषित है और विचार पवित्र नहीं हैं तो उनसे दूर रहना चाहिए।

तीसरी बात

परखने की प्रक्रिया में तीसरी बात है व्यक्ति के गुण देखना। सामान्यतः सभी लोगों में कुछ गुण और कुछ अवगुण होते हैं, लेकिन जिन लोगों में अवगुण अधिक होते हैं, उनसे दूर रहना चाहिए। अवगुण यानी अधिक क्रोध करना, बात-बात पर झूठ बोलना, दूसरों का अपमान करना, अहंकार आदि। जिन लोगों में ऐसे अवगुण होते हैं, वे श्रेष्ठ इंसान नहीं माने जाते।

चौथी बात

अंतिम बात यह है कि किसी व्यक्ति के कर्मों का अवलोकन करना। यदि कोई व्यक्ति गलत तरीके से धन अर्जित करता है या अधार्मिक काम करता है तो उन लोगों से दूर रहना श्रेष्ठ होता है। गलत काम करने वाला इंसान अपने आसपास रहने वाले लोगों पर भी बुरा असर डालता है। साथ ही, ऐसे लोगों की मित्रता के कारण हम भी फंस सकते हैं।

❋❋❋

नींद

आचार्य चाणक्य ने हर परिस्थिति के लिए अलग-अलग नीतियां बताई हैं। यदि हमारे आसपास कोई व्यक्ति सो रहा है तो उसे जगाने से पहले चाणक्य की इस नीति का ध्यान एक बार कर लेंगे तो आप कई समस्याओं से बच सकते हैं।

मूर्ख व्यक्ति

यदि कोई मूर्ख व्यक्ति सो रहा है तो उसे सोने देना चाहिए। जगाने का प्रयास भी नहीं करना चाहिए। यदि मूर्ख व्यक्ति जाग जाएगा तो हमारे लिए परेशानियां बढ़ सकती हैं। बुद्धिहीन व्यक्ति बेकार की बातों से हमारा समय नष्ट करता है और वे कभी-कभी बिना विचारे ही ऐसे काम देते हैं, जिनसे हमें किसी परेशानी का सामना करना पड़ सकता है। अतः इन्हें जगाना नहीं चाहिए। जब तक ये सोते रहेंगे, हम सुखी रहेंगे।

सांप

यदि कहीं कोई सांप सो रहा हो तो उसे छेड़ना नहीं चाहिए। सभी जानते हैं कि सांप को छेड़ने पर मृत्यु का संकट उत्पन्न हो सकता है। अतः सोते हुए सांप को बिना छेड़े ही वहां से निकल जाना चाहिए।

राजा या मालिक

यदि कोई राजा या बड़ा अधिकारी, मंत्री या कोई वरिष्ठ सो रहा हो तो उसे जगाने का प्रयास नहीं करना चाहिए। ऐसे लोगों को जगाने पर वे

नाराज हो सकते हैं। पुराने समय में तो राजा को अकारण जगाना भयंकर अपराध माना जाता था, इस अपराध का दंड बहुत भयानक होता था।

शेर

यदि कहीं सोता हुआ शेर दिखाई दे तो उसे भी छेड़ने का प्रयास नहीं करना चाहिए। शेर इंसानों को देखते ही झपट पड़ते हैं। अतः सोते हुए शेर को जगाए बिना ही वहां से निकल जाना चाहिए।

छोटा बच्चा

यदि कोई छोटा बच्चा सो रहा हो तो उसे भी जगाना नहीं चाहिए। छोटे बच्चे जागने के तुरंत बाद रोते हैं, जिन्हें चुप कराना सिर्फ उनकी मां के लिए ही संभव है। अन्य कोई व्यक्ति रोते हुए बच्चे को आसानी से शांत नहीं करवा सकता है। छोटे बच्चे के लिए सोना बहुत जरूरी होता है, अतः उसके स्वास्थ्य की दृष्टि से भी उसे जगाना नहीं चाहिए।

पराया कुत्ता

यदि हम किसी व्यक्ति के घर गए हैं और वहां कोई कुत्ता है तो उसे छेड़ना नहीं चाहिए। यदि वह सो रहा है तो उसे सोने ही दें, क्योंकि कुत्ते अजनबी लोगों को देखकर काटने का प्रयास करते हैं।

कोई हिंसक पशु

यदि किसी स्थान पर कोई हिंसक पशु सो रहा है तो उसे भी छेड़ने का प्रयास नहीं करना चाहिए। हिंसक पशु कभी भी इंसान पर हमला कर सकता है, जिसे संभाल पाना बहुत मुश्किल होता है। इन 6 लोगों को नींद से तुरंत जगा देना चाहिए।

विद्यार्थी

आचार्य चाणक्य ने बताया है कि किसी भी व्यक्ति के जीवन में शिक्षा का बहुत अधिक महत्त्व है। इसी वजह से शिक्षा ग्रहण करते समय अधिक से अधिक समय अभ्यास ही करना चाहिए। अतः यदि कोई विद्यार्थी परीक्षा के समय सो रहा है तो उसे तुरंत उठा देना चाहिए ताकि वह अभ्यास ठीक से कर सके। विद्यार्थी सोता रहेगा तो वह परीक्षा में उत्तीर्ण नहीं हो सकता है।

नौकर

चाणक्य के अनुसार यदि कोई नौकर काम के समय सो रहा हो तो उसे तुरंत जगा देना चाहिए, अन्यथा कार्य पूर्ण नहीं हो सकेगा।

राहगीर

यदि कोई राहगीर या यात्री रास्ते में सोता दिखाई दे तो उसे भी उठा देना चाहिए, अन्यथा उसका सामान चोरी होने का भय रहता है। यात्री को सोता देख कोई चोर उसके धन को चुरा सकता है या अन्य कोई हानि पहुंचा सकता है। यात्री सोता रहेगा तो वह अपनी यात्रा पूर्ण नहीं कर सकेगा।

भूखा व्यक्ति

यदि कोई व्यक्ति भूखा है तो उसे जगा देना चाहिए और उसे भोजन देना चाहिए। भूखा व्यक्ति सोता रहेगा तो उसे शारीरिक कष्ट झेलना पड़ सकता है, वह बीमार हो सकता है।

डरा हुआ व्यक्ति

यदि कोई व्यक्ति नींद में डर रहा है तो उसे भी तुरंत उठा देना चाहिए ताकि उसका भयानक सपना टूट जाए और उसे शांति मिले।

चौकीदार

किसी भण्डार गृह का रक्षक या कोई चौकीदार अपने कर्तव्य के समय सोते दिखें तो इन्हें भी तुरंत जगा देना चाहिए। भण्डार गृह का रक्षक या चौकीदार के सोने पर चोरी होने का भय बना रहता है। साथ ही, जन हानि होने की भी संभावनाएं रहती हैं।

❁❁❁

आनंद

कुछ बातें ऐसी हैं, जिनसे हमें कुछ ही पलों के लिए आनंद मिलता है। थोड़े समय बाद ही ये चीजें नष्ट हो जाती हैं। आचार्य चाणक्य ने भी अपनी एक नीति में चार ऐसी चीजों के बारे में बताया है जिनसे कि हमें कुछ ही समय का आनंद मिलता है। आइए जानते हैं ये बातें कौन-कौन सी हैं...

आकाश में घिरे हुए बादलों की छाया

जब भी आकाश में बादल घिर आते हैं तो उनकी छाया बहुत ही सुखद लगती है। सूर्य की गर्मी से राहत मिलती है, लेकिन छाया का यह आनंद पलभर का ही होता है। बादल पलभर में ही चले जाते हैं और सूर्य की गर्मी फिर से बढ़ जाती है।

किसी बुरे व्यक्ति की सेवा से मिला लाभ

यदि किसी बुरे व्यक्ति की सेवा करके कोई लाभ प्राप्त किया गया है तो वह भी पलभर का ही आनंद देता है। बुरे व्यक्ति की न तो दुश्मनी अच्छी होती है और ना ही दोस्ती। ऐसे लोगों से दूर रहने में ही भलाई है। गलत काम करने वाले व्यक्ति की संगत से लाभ मिल सकता है, लेकिन हम बड़ी-बड़ी परेशानियों में भी उलझ सकते हैं। इनसे बचना चाहिए।

दुष्ट इंसान का प्रेम

यदि कोई व्यक्ति दुष्ट स्वभाव का है तो उसका प्रेम पलभर के लिए ही होता है। दुष्ट स्वभाव के लोग पलभर में ही प्रेम भूलकर दुष्टता कर

सकते हैं। इन लोगों का प्रेम थोड़े समय के लिए ही आनंद दे सकता है। यदि लंबे समय तक सुखी रहना चाहते हैं तो इन लोगों के क्षणिक प्रेम में नहीं उलझना चाहिए और इनसे दूर रहना चाहिए।

तिनके की आग

तिनके की आग भी क्षणभर के लिए ही होती है। इसकी आग से कुछ पल के लिए ही अंधकार दूर करके रोशनी का आनंद लिया जा सकता है।

❀❀❀

व्यक्ति को वश में कैसे करें

वशीकरण या किसी व्यक्ति को अपने नियंत्रण में करना बहुत मुश्किल कार्य है। सभी चाहते हैं कि सभी लोग उनकी बात सुनें, उनके वश में रहें लेकिन ऐसा संभव नहीं होता है। किसी भी व्यक्ति को कैसे वश में किया जाए?

आचार्य चाणक्य कहते हैं-

लुब्धमर्थेन गृह्णीयात् स्तब्धमंजलिकर्मणा।
मूर्खं छन्दानुवृत्त्या च यथार्थत्वेन पण्डितम्।।

जो व्यक्ति धन का लालची है उसे पैसा देकर, घमंडी या अभिमानी व्यक्ति को हाथ जोड़कर, मूर्ख को उसकी बात मान कर और विद्वान व्यक्ति को सच से वश में किया जा सकता है।

आचार्य चाणक्य कहते हैं कि हमारे आसपास कई प्रकार के लोग हैं। कुछ धन के लोभी हैं तो कुछ घमंडी भी हैं। कुछ मूर्ख हैं तो कुछ लोग बुद्धिमान भी हैं। इन लोगों को वश में करने का सबसे सरल मार्ग है कि किसी लालची व्यक्ति को धन देकर वश में किया जा सकता है। वहीं जो लोग घमंड में चूर होते हैं उन्हें हाथ जोड़कर या उन्हें उचित मान-सम्मान देकर वश में किया जाना चाहिए। यदि किसी मूर्ख व्यक्ति को वश में करना हो तो वह व्यक्ति जैसा-जैसा बोलता है हमें ठीक वैसा ही करना चाहिए। झूठी प्रशंसा से मूर्ख व्यक्ति वश में हो जाता है। इसके अलावा यदि किसी विद्वान और समझदार व्यक्ति को वश में करना है तो उसके सामने केवल सच ही बोलें। वह आपके वश में हो जाएगा।

❁❁❁

विश्वास

सामान्यतः विश्वास या भरोसे पर ही हमारा जीवन चलता है। हमारे आसपास कई लोग होते हैं, जिन पर हम विश्वास करते हैं। इंसानों के साथ ही कई अन्य जीव भी हैं जिन पर हम विश्वास रखते हैं। आचार्य चाणक्य ने बताया है कि हमें किस-किस पर भरोसा नहीं करना चाहिए ताकि जीवन सुखमय बना रहे।

आचार्य चाणक्य कहते हैं-

नदीनां शस्त्रपाणीनां नखीनां श्रृंगीणां तथा।
विश्वासो नैव कर्तव्यः स्त्रीषु राजकुलेषु च॥

इस संस्कृत श्लोक का अर्थ यही है कि हमें नदियों पर कभी विश्वास नहीं करना चाहिए। शस्त्रधारियों पर भरोसा करना खतरनाक हो सकता है। जिन जानवरों के नाखून और सींग नूकिले होते हैं उन पर विश्वास करने वाले को जान का जोखिम बन सकता है। चंचल स्वभाव की स्त्रियों पर भी विश्वास नहीं करना चाहिए। इनके साथ ही किसी राज्यकुल के व्यक्ति, शासन से संबंधित लोगों पर भी भरोसा नहीं करना चाहिए।

चाणक्य कहते हैं कि जिन नदियों के पुल कच्चे हैं, जीर्ण-शीर्ण अवस्था में हैं उस नदी पर भरोसा नहीं करना चाहिए क्योंकि कोई नहीं जान सकता कि कब नदी के पानी का बहाव तेज हो जाए, उसकी दिशा बदल जाए। जिन जीवों के नाखून और सींग होते हैं उन पर भरोसा करना जानलेवा हो सकता है। क्योंकि ऐसे जीवों का कोई भरोसा नहीं होता कि वे कब बिगड़ जाए और नाखून या सींगों से प्रहार कर दें। हमारे

आसपास यदि कोई ऐसा व्यक्ति हो जो अपने साथ हथियार रखता हो उस पर भी विश्वास नहीं करना चाहिए क्योंकि जब भी वह गुस्से या आवेश में होगा तब उस हथियार का उपयोग कर सकता है। जिन स्त्रियों का स्वभाव चंचल होता है उन पर भरोसा नहीं किया जा सकता। जिन लोगों का संबंध शासन से है उन पर विश्वास करना भी नुकसानदायक हो सकता है क्योंकि वे अपना स्वार्थ सिद्ध करने के लिए कभी भी आपको धोखा दे सकते हैं।

❋❋❋

संतोष

जीवन में अधिकांश परेशानियों की वजह है असंतोष। जो वस्तुएं या सुख-सुविधाएं हमें प्राप्त होती हैं हमें उनसे संतुष्ट रहना चाहिए। यदि असंतोष बना रहेगा तो निश्चित ही दुख और परेशानियों का जन्म होगा। आचार्य चाणक्य ने तीन ऐसी परिस्थितियां बताई हैं, जिनमें व्यक्ति को संतोष करना चाहिए। जबकि तीन ऐसे काम बताए हैं जिनमे संतोष नहीं करना चाहिए।

आचार्य चाणक्य कहते हैं-

संतोषषस्त्रिषु कर्तव्यः स्वदारे भोजने धने।
त्रिषु चौव न कर्तव्यो अध्ययने जपदानयोः॥

आचार्य चाणक्य के अनुसार हमें तीन बातों में संतोष कर लेना चाहिए अन्यथा कष्ट झेलने पड़ते हैं। ये तीन बातें हैं पत्नी की सुंदरता के संबंध में, भोजन के संबंध में, धन के संबंध में। इसके अलावा तीन बातों में कभी भी संतोष नहीं करना चाहिए ये हैं अध्ययन, दान और जप।

अपनी स्त्री (पत्नी)

हर व्यक्ति को अपनी पत्नी से ही संतुष्ट रहना चाहिए। दूसरी स्त्रियों के पीछे नहीं भागना चाहिए। दूसरी स्त्रियों पर ध्यान देने वाले व्यक्ति की पत्नी उससे नाराज रहती है। ऐसे में कई बार पति-पत्नी का रिश्ता तक टूट जाता है। इसीलिए अपने वैवाहिक जीवन को सुखी बनाए रखने के लिए व्यक्ति को अपनी पत्नी से संतुष्ट रहना चाहिए।

❁❁❁

भोजन

हमें जो भोजन घर में मिले, उसी से संतुष्ट रहना चाहिए। घर का भोजन छोड़ कर बाहर के खाने पर मन रखने वाला व्यक्ति जल्दी बीमारियों की गिरफ्त में आ जाता है। वह हमेशा ही अपना नुकसान करता है। ऐसा इंसान सिर्फ स्वाद के चक्कर में अपनी सेहत से समझौता करता है और कई बीमारियों का शिकार हो जाता है। इसलिए मनुष्य को जो भोजन अपने घर पर मिलता है, उसी से संतुष्ट रहना चाहिए।

धन

व्यक्ति को उसकी जितनी आय हो, उसी में संतोष रखना चाहिए। ज्यादा धन या दूसरों के धन के लालच में नहीं पड़ना चाहिए। जिस व्यक्ति की नजर दूसरों के धन पर होती है, वह हर समय दूसरे के धन को पाने की योजना बनाता रहता है। ऐसा मनुष्य कोई गलत काम करने में भी हिचकिचाता नहीं है। इस कारण आगे चल कर उसे कई परेशानियों का सामना भी करना पड़ता है। इससे बचने के लिए मनुष्य को अपने धन से ही संतुष्ट रहना चाहिए। ये चीजें कितनी भी मिल जाएं, इनसे संतुष्ट नहीं होना चाहिए।

अध्ययन

अध्ययन करने से ज्ञान की प्राप्ति होती है। मनुष्य को चाहे कितना ही ज्ञान क्यों न मिल जाए, वह कभी भी संपूर्ण नहीं होता है। व्यक्ति को हमेशा ही नया ज्ञान पाने के लिए तैयार रहना चाहिए। हमें जितना ज्यादा ज्ञान

मिलता है, हमारा चरित्र उतना ही अच्छा बनता है। सही ज्ञान से जीवन की किसी भी परेशानी का हल निकाला जा सकता है। इसीलिए व्यक्ति कितना ही अध्ययन कर ले, उसे कभी भी संतुष्ट नहीं होना चाहिए।

दान

शास्त्रों में कुछ काम हर व्यक्ति के लिए अनिवार्य बताए गए हैं, दान भी उन्हीं में से एक है। हर व्यक्ति को दान जरूर करना चाहिए। हम कितना ही दान करें, कभी भी उसका हिसाब-किताब नहीं करना चाहिए। हमें कभी भी दान से संतुष्ट नहीं होना चाहिए, जहां भी मौका मिले पवित्र भावनाओं के साथ दान करते रहना चाहिए।

जप

किसी देवी-देवता की पूजा में मंत्रों का जप करने का विशेष महत्त्व है। मंत्रों और देवी-देवताओं के नामों का जप करने से हमें सभी परेशानियों से मुक्ति मिल सकती है और जीवन में शांति बनी रहती है। भगवान को याद करने की कोई सीमा नहीं होती। हम कितना भी जप कर लें, वह कम ही होता है। हमें कभी भी जप से संतुष्ट नहीं होना चाहिए, हमेशा जप करते रहना चाहिए।

❋❋❋

त्याग

ऐसा माना जाता है कि पति और पत्नी का रिश्ता सात जन्मों का होता है। कई विपरीत परिस्थितियों में भी पति-पत्नी एक-दूसरे का साथ निभाते हैं। यदि पत्नी सर्वगुण संपन्न है तब तो दोनों का जीवन सुखी बना रहता है लेकिन पत्नी हमेशा क्रोधित रहने वाली है तो दोनों के जीवन में हमेशा ही मानसिक तनाव बना रहता है।

आचार्य चाणक्य कहते हैं कि-

त्यजेद्धर्मं दयाहीनं विद्याहीनं गुरुं त्यजेत्।

त्यजेत्क्रोधमुखं भार्यां निःस्नेहान् बान्धवांस्त्यजेत्।

जिस धर्म में दया का उपदेश न हो, उस धर्म को छोड़ देना चाहिए। जो गुरु ज्ञानहीन हो उसे त्याग देना चाहिए। यदि पत्नी हमेशा क्रोधित ही रहती है तो उसे छोड़ देना चाहिए और जो भाई-बहन स्नेहहीन हों उन्हें भी त्याग देना चाहिए।

आचार्य चाणक्य कहते हैं कि यदि किसी धर्म में दया का उपदेश नहीं दिया गया हो तो उसे छोड़ देना चाहिए। क्योंकि दया ही मानवता का मुख्य कर्तव्य है। प्रेम और दया के अभाव में धर्म अहिंसा का ही उपदेश दे सकता है।

किसी भी गुरु का प्रमुख कर्तव्य है कि वह अपने विद्यार्थी को ज्ञान दे। यदि कोई गुरु विद्वान नहीं है तो उसे छोड़ देना चाहिए। अज्ञानी गुरु का महत्त्व नहीं है।

ठीक इसी प्रकार यदि किसी व्यक्ति की पत्नी हमेशा क्रोध में रहती है, पति को प्रेम नहीं करती है, पतिव्रत धर्म का पालन नहीं कर रही है, हमेशा पति को दुख देती रहती है तो ऐसी पत्नी को तुरंत त्याग देना चाहिए।

जो रिश्तेदार, भाई-बहन दुख के समय साथ छोड़ देते हैं उनसे दूर रहने में ही भलाई है। जहां प्रेम का अभाव हो वहां कोई रिश्ता नहीं रखना चाहिए।

गलत काम

आमतौर पर यही माना जाता है कि जो व्यक्ति गलत काम करता है, उसी व्यक्ति को अपने कर्मों का बुरा फल भी भोगना पड़ता है। ये बात सही है, लेकिन कुछ परिस्थितियों में गलत काम करने वाले व्यक्ति के साथ ही दूसरों को भी ये फल प्राप्त होते हैं। आचार्य चाणक्य ने एक नीति में बताया है कि किन हालातों में हमें दूसरों की वजह से परेशानियों का सामना करना पड़ सकता है?

आचार्य चाणक्य कहते हैं कि...

राजा राष्ट्रकृतं पापं राज्ञः पापं पुरोहितः।
भर्ता च स्त्रीकृतं पापं शिष्यपापं गुरुस्तथा।।

चाणक्य ने इस श्लोक में बताया है कि किस व्यक्ति के पाप का फल किसे भोगना पड़ता है।

यदि जीवन साथी गलत काम करता है तो

आचार्य कहते हैं कि विवाह के बाद यदि कोई पत्नी गलत कार्य करती है, ससुराल में सभी का ध्यान नहीं रखती है, अपने कर्तव्यों का पालन ठीक से नहीं करती है तो ऐसे कार्यों की सजा पति को ही भुगतनी

पड़ती है। ठीक इसी प्रकार यदि कोई पति गलत काम करता है तो उसका बुरा फल पत्नी को भी भोगना पड़ता है। अतः पति और पत्नी, दोनों को एक-दूसरे का अच्छा सलाहकार होना चाहिए। जीवन साथी को गलत काम करने से रोकना चाहिए।

राजा के गलत काम के जिम्मेदार होते हैं पुरोहित, मंत्री और सलाहकार

जब शासन में मंत्री, पुरोहित या सलाहकार अपने कर्तव्यों को ठीक से पूरा नहीं करते हैं और राजा को सही-गलत कार्यों की जानकारी नहीं देते हैं, उचित सुझाव नहीं देते हैं तो राजा के गलत कार्यों के जवाबदार पुरोहित, सलाहकार और मंत्री ही होते हैं। पुरोहित का कर्तव्य है कि वह राजा को सही सलाह दें और गलत काम करने से रोकें।

तब राजा होता है जिम्मेदार

यदि किसी राज्य या देश की जनता कोई गलत काम करती है तो उसका फल शासन को या उस देश के राजा को ही भोगना पड़ता है। अतः यह राजा या शासन की जिम्मेदारी होती है कि प्रजा या जनता कोई गलत काम न करे।

जब राजा अपने राज्य का पालन सही ढंग से नहीं करता है, अपने कर्तव्यों को पूरा नहीं करता है, तब राज्य की जनता विरोधी हो जाती है और वह गलत कार्यों की ओर बढ़ जाती है। ऐसी परिस्थितियों में राजा ही जनता द्वारा किए गए गलत कार्यों का जवाबदार होता है। यही बात किसी संस्थान पर या किसी टीम पर भी लागू हो सकती है। टीम के सदस्य या संस्थान के कर्मचारी गलत काम करते हैं तो टीम के लीडर या संस्थान के मालिक को भी बुरा फल प्राप्त होता है।

शिष्य के गलत काम का फल गुरु को

इस नीति के अंत में चाणक्य ने बताया है कि जब कोई शिष्य गलत कार्यों में लिप्त हो जाता है तो उसका बुरा फल गुरु को ही भोगना पड़ता है। गुरु का कर्तव्य होता है कि वह शिष्य को गलत रास्ते पर जाने से रोके, सही कार्य करने के लिए प्रेरित करे। यदि गुरु ऐसा नहीं करता है और शिष्य रास्ता भटक कर गलत कार्य करने लगता है तो उसका दोष गुरु को ही लगता है।

❋❋❋

पांच गुण

सभी रिश्ते व्यक्ति के जन्म के साथ ही बनते हैं। जिस घर-परिवार में हमारा जन्म हुआ है वहां से संबंधित सभी लोगों से हमारा रिश्ता स्वतः ही जुड़ जाता है। इन रिश्तों को तोड़ना या जोड़ना व्यक्ति के हाथों में नहीं रहता है। ये रिश्ते हमेशा ही बने रहते हैं।

इन रिश्तों के अतिरिक्त एक रिश्ता है जो हम अपने व्यवहार से बनाते हैं, वह है मित्रता। मित्रता ही एकमात्र ऐसा रिश्ता है जो हम खुद जोड़ते हैं। मित्र हम स्वयं चुनते हैं। सच्चे मित्र हमें सभी परेशानियों से बचा लेते हैं और कठिन समय में मदद करते हैं।

हमें कैसे मित्र चुनना चाहिए? इस संबंध में आचार्य चाणक्य ने कहा है कि जिस व्यक्ति में अपने परिवार का पालन पोषण करने की योग्यता ना हो, जो व्यक्ति अपनी गलती होने पर भी किसी से न डरता हो, जो व्यक्ति शर्म नहीं करता हो, लज्जावान न हो, अन्य लोगों के लिए जिसमें उदारता का भाव न हो, जो इंसान त्यागशील नहीं है, उन्हें मित्रता के योग्य नहीं कहा जा सकता।

चाणक्य के अनुसार यदि कोई व्यक्ति अपने परिवार का भरण-पोषण सिर्फ आलस्य और झूठे अभिमान की वजह से नहीं करता है। हमेशा जो व्यर्थ की बातों में समय नष्ट करते हैं। ऐसे लोगों से दूर ही रहना चाहिए। इसके अलावा जो लोग अपनी गलती होने पर भी किसी से न डरें, विद्वान और वृद्धजन का आदर-सम्मान नहीं करते हैं। उनसे मित्रता नहीं करना चाहिए। जिन लोगों में लज्जा का गुण न हो, जो किसी भी

गलत कार्य को करने में संकोच न करें, जो लज्जा हीन हों उनसे मित्रता नहीं करनी चाहिए। जिन लोगों में अन्य लोगों के लिए उदारता का गुण न हो वे भी मित्रता के योग्य नहीं होते हैं। दूसरे के दुख पर उपहास करने वाले एवं किसी की मदद न करने वालों से मित्रता न करें। इसके अलावा जो लोग त्याग की भावना नहीं रखते हों उनसे भी मित्रता नहीं करना चाहिए।

❋❋❋

सच्चा हितैषी

वैसे तो हमारे आसपास कई लोग हमेशा ही रहते हैं और उनका हमारे जीवन में काफी हस्तक्षेप भी रहता है। इन लोगों में हमारे परिवारजन, मित्र, रिश्तेदार आदि शामिल होते हैं। सभी लोगों का अलग-अलग महत्त्व रहता है और कौन व्यक्ति हमारा कितना हितैषी है यह समय आने पर ही मालूम होता है। अपने-पराये लोगों की परख करने के लिए आचार्य चाणक्य ने कुछ खास बातें बताई हैं।

आचार्य चाणक्य कहते हैं-

आतुरे व्यसने प्राप्ते दुर्भिक्षेत्र शत्रुसंकटे।
राजद्वारे श्मशाने च यस्तिष्ठति स बांधवः॥

आचार्य चाणक्य ने इस श्लोक में बताया है कि जो इंसान निम्न छह परिस्थितियों में आपका साथ दे वह ही आपका सच्चा हितैषी है। बीमारी में, जब आप किसी भयंकर बीमारी से ग्रस्त हों और उस वक्त जो लोग आपका साथ दें, वे ही आपके सच्चे हितैषी हैं।

दुःख में

जब जीवन में कोई भयंकर दुख आ जाए और उस वक्त जो लोग आपका साथ दें, वे ही आपके सच्चे हितैषी हैं।

अकाल के वक्त

जब कभी अकाल (दुर्भिक्ष) पड़ जाए और उस वक्त जो लोग आपका साथ दें, वे ही आपके सच्चे हितैषी हैं।

शत्रु के संकट के वक्त

जब कभी आप पर किसी शत्रु का संकट आए और उस वक्त जो लोग आपका साथ दें, वे ही आपके सच्चे हितैषी हैं।

शासकीय कार्यों में

जब कभी आप किसी मुकदमे, कोर्ट केस में फँस जाएं और उस वक्त जो लोग आपका साथ दें, वे ही आपके सच्चे हितैषी हैं।

श्मशान में

किसी अपने की मृत्यु होने पर जो लोग आपका साथ दें, वे ही आपके सच्चे हितैषी हैं।

ये छह हालात ऐसे हैं जहां आपका सच्चा हितैषी ही साथ दे सकता है। अतः जो इन स्थितियों में आपका साथ देते हैं उनसे मित्रता कभी भी नहीं तोड़नी चाहिए। सदैव उनसे स्नेह रखें।

❋❋❋

गुप्त बातें

आचार्य चाणक्य द्वारा बताई गई नीतियों में सफल और सुखी जीवन के कई सूत्र बताए गए हैं। यदि कोई व्यक्ति चाणक्य की नीतियों का पालन करता है तो निश्चित ही वह कई प्रकार की परेशानियों से बच सकता है। अक्सर जाने-अनजाने कुछ लोग ऐसी बातें दूसरों को बता देते हैं, जो भविष्य में किसी बड़े संकट का कारण बन जाती हैं। चाणक्य ने मुख्य रूप से चार ऐसी बातें बताई हैं, जिन्हें हमेशा राज ही रखना चाहिए। जो लोग ये बातें अन्य लोगों के सामने जाहिर कर देते हैं, वे परेशानियों का सामना करते हैं।

आचार्य कहते हैं कि-

अर्थनाशं मनस्तापं गृहिणीचरितानि च।
नीचवाक्यं चाऽपमानं मतिमान्न प्रकाशयेत्॥

प्रथम बात

इस श्लोक में पहली बात ये बताई गई है कि हमें कभी अर्थ नाश यानी धन की हानि से जुड़ी बातें किसी पर जाहिर नहीं करनी चाहिए। यदि हमें धन की हानि का सामना करना पड़ रहा है और हमारी आर्थिक स्थिति बिगड़ गई है तो यह स्थिति किसी के सामने प्रकट नहीं करनी चाहिए, क्योंकि जब ये बात सभी को मालूम हो जाएगी तो धन संबंधी मामलों में कोई भी मदद नहीं करेगा। समाज में गरीब व्यक्ति को धन की मदद आसानी से प्राप्त नहीं हो पाती है। अतः इस बात को सदैव राज ही रखना चाहिए।

दूसरी बात

चाणक्य ने गुप्त रखने योग्य दूसरी बात यह बताई है कि हमें कभी भी मन संताप यानी दुख की बातें किसी पर जाहिर नहीं करनी चाहिए। यदि हम मन का संताप दूसरों पर जाहिर करेंगे तो लोग उसका मजाक बना सकते हैं, क्योंकि समाज में ऐसे लोग काफी हैं, जो दूसरों के दुखों का मजाक बनाते हैं। ऐसा होने पर दुख और बढ़ जाता है।

तीसरी बात

यहां दिए गए श्लोक में तीसरी गुप्त रखने योग्य बात है गृहिणी (पत्नी) का चरित्र। समझदार पुरुष वही है, जो अपनी पत्नी से जुड़ी सभी बातें गुप्त रखता है। घर-परिवार के झगड़े, सुख-दुख आदि बातें समाज में जाहिर नहीं करनी चाहिए। जो पुरुष ऐसा करते हैं, उन्हें भविष्य में भयंकर परिणाम झेलने पड़ सकते हैं।

चौथी बात

यहां दिए गए श्लोक में चौथी गुप्त रखने योग्य बात यह है कि यदि जीवन में कभी भी किसी नीच व्यक्ति ने हमारा अपमान किया हो तो वह घटना भी किसी को बतानी नहीं चाहिए। ऐसी घटनाओं की जानकारी अन्य लोगों को मालूम होगी तो वे भी हमारा मजाक बनाएंगे और हमारी प्रतिष्ठा में कमी आएगी।

❁❁❁

आग

आचार्य चाणक्य ने हमारे जीवन को सुखी बनाए रखने के लिए कई नीतियां बताई हैं। इन नीतियों में कई रहस्य छिपे हुए हैं, जिनसे हमारे सुख और दुख की भी जानकारी प्राप्त हो जाती है। आचार्य चाणक्य ने एक नीति में छः ऐसी स्तिथियाँ बताई जो इंसान को जीते-जी ही आग में जलाती हैं।

आचार्य चाणक्य कहते हैं कि-

कांता-वियोगः स्वजनामानो,
ऋणस्य शेषः कुनृपस्य सेवा।
दरिद्रभावो विषमा सभा च,
विनाग्निना ते प्रदहन्ति कायम्॥

अर्थात् स्त्री या प्रेमिका का वियोग, अपने मित्रों या रिश्तेदारों से अपमान, कर्ज देने के बाद बचा हुआ ऋण, दुष्ट राजा या मालिक की सेवा, गरीबी और स्वार्थी लोगों का साथ, ये बातें व्यक्ति को आग में ही जलाती हैं।

पत्नी या प्रेमिका का वियोग

आचार्य चाणक्य के अनुसार कोई भी अच्छा इंसान अपनी पत्नी या प्रेमिका का वियोग या उससे दूर होना सहन नहीं कर पाता है।

मित्रों या रिश्तेदारों द्वारा अपमान

इसके अलावा कोई मित्र या रिश्तेदार अपमान कर देता है तब भी व्यक्ति को दुख का ही सामना करना पड़ता है। अपने लोगों से अपमानित होने के बाद कोई भी व्यक्ति वह समय नहीं भुला पाता है।

बिना चुकाया कर्ज

जो लोग अत्यधिक कर्ज ले लेते हैं और चुकाने में असमर्थ रहते हैं तो उन्हें हर पल ऐसे ऋण का विचार ही असहनीय पीड़ा देता है।

कपटी राजा या मालिक की सेवा

जो लोग कपटी और चरित्रहीन राजा या मालिक के सेवक हैं वे हमेशा ही इस बात से दुखी रहते हैं।

गरीबी

किसी भी इंसान के लिए सबसे बड़ा दुख है गरीबी। गरीबी एक अभिशाप की तरह ही है। गरीब व्यक्ति हर पल आर्थिक तंगी के चलते जलता रहता है।

स्वार्थी लोगों का साथ

इसके अलावा यदि किसी व्यक्ति के आसपास के लोग स्वार्थी स्वभाव के हैं और फिर भी उनके साथ रहना पड़ता है तो यह भी एक दुख ही है।

❋❋❋

नहाना

अधिकतर लोग दिन में सिर्फ एक बार ही सुबह के समय स्नान करते हैं। सुबह उठने के बाद तो सभी स्नान करते हैं, लेकिन आचार्य चाणक्य द्वारा कुछ और स्थितियां भी बताई गई हैं, जब नहाना जरूरी होता है।

आचार्य चाणक्य कहते हैं कि...

तैलाभ्यङ्गे चिताधूमे मैथुने क्षौरकर्मणि।
तावद् भवति चाण्डालो यावत् स्नानं न चाचरेत्।

आचार्य के अनुसार अच्छा स्वास्थ्य ही सबसे बड़ा धन है। इसी वजह से स्वास्थ्य के संबंध में कई प्रकार के नियम बनाए गए हैं। अच्छे खान-पान के साथ ही रहन-सहन और आदतों का भी हमारी सेहत पर गहरा प्रभाव पड़ता है। काफी बीमारियां तो केवल नहाने से ही दूर रहती हैं। आचार्य ने इस श्लोक में चार ऐसे काम बताए हैं, जिन्हें करने के बाद अच्छे स्वास्थ्य की दृष्टि से नहा लेना चाहिए।

तेल मालिश

चाणक्य ने बताया है कि स्वस्थ शरीर और चमकदार त्वचा के लिए जरूरी है कि सप्ताह में कम से कम एक बार पूरे शरीर पर तेल मालिश की जानी चाहिए। तेल मालिश के बाद शरीर के रोम छिद्र खुल जाते हैं और अंदर का मैल बाहर हो जाता है। अतः तेल मालिश के तुरंत बाद नहा लेना चाहिए। इससे शरीर का समस्त मैल और तेल साफ हो जाता है। त्वचा में चमक आती है। तेल मालिश के बाद बिना नहाए बाहर जाना अशुभ माना जाता है।

शव यात्रा

यदि कोई व्यक्ति किसी मृतक की अंतिम यात्रा में जाता है या श्मशान जाता है तो वहां से आने के तुरंत बाद भी नहा लेना चाहिए। श्मशान के वातावरण में कई प्रकार के कीटाणु रहते हैं जो कि हमारे स्वास्थ्य के लिए हानिकारक हैं। श्मशान जाने पर ये कीटाणु हमारे बालों में और कपड़ों पर चिपक जाते हैं, यदि इन्हें साफ न किया जाए तो यह स्वास्थ्य के लिए हानिकारक हो सकते हैं। अतः वहां से घर आकर तुरंत नहा लेना स्वास्थ्य के लिए श्रेष्ठ रहता है।

प्रेम-प्रसंग

स्त्री हो या पुरुष, प्रेम-प्रसंग (काम क्रिया) के बाद भी नहाना जरूरी माना गया है। इस काम के बाद स्त्री और पुरुष, दोनों ही अपवित्र हो जाते हैं। इसके बाद जब तक नहाएंगे नहीं, तब तक किसी भी धार्मिक कार्य के योग्य नहीं हो सकते हैं। आचार्य चाणक्य के अनुसार इस काम के बाद बिना नहाए, कहीं बाहर नहीं जाना चाहिए।

बाल कटवाने

आचार्य चाणक्य कहते हैं कि हजामत (बाल कटवाना) करवाने के बाद भी तुरंत स्नान कर लेना चाहिए। बाल कटवाने के बाद पूरे शरीर पर छोटे-छोटे बाल चिपक जाते हैं जो कि नहाने के बाद ही शरीर से साफ हो सकते हैं। अतः इस कार्य के बाद तुरंत नहाना चाहिए।

❋❋❋

जो काम सीखे नहीं जा सकते

आचार्य चाणक्य द्वारा बताई गई नीतियां किसी भी व्यक्ति के जीवन को सुखी और सफल बना सकती हैं। चाणक्य ने अपनी नीतियों के बल पर ही एक सामान्य बालक चंद्रगुप्त को अखंड भारत का सम्राट बनाया। साथ ही, विदेशी शासक सिकंदर से भारत की रक्षा की थी। चाणक्य की नीतियां बहुत ही सटीक हैं और जो भी व्यक्ति इन्हें जीवन में उतार लेता है, वह बड़ी परेशानियों का सामना भी आसानी से कर सकता है।

दानशीलता

चाणक्य के अनुसार कोई भी व्यक्ति कितना दानवीर है, यह उसके स्वभाव से पता चलता है। किसी भी इंसान की दानशक्ति को कम करना या बढ़ाना बहुत ही मुश्किल कार्य है। यह आदत व्यक्ति के जन्म के साथ ही आती है। अत: किसी भी व्यक्ति की दान करने की क्षमता को कम या ज्यादा नहीं किया जा सकता है। हर व्यक्ति अपनी इच्छा के अनुसार ही दान-पुण्य करता है।

निर्णय लेने की क्षमता

किसी भी व्यक्ति को यह नहीं सिखाया जा सकता कि वह किस समय कैसे निर्णय ले? जीवन में हर पल अलग-अलग परिस्थितियां निर्मित होती हैं। ऐसे में सही या गलत का निर्णय व्यक्ति को स्वयं ही करना पड़ता है। जो भी व्यक्ति समय पर उचित और अनुचित निर्णय को समझ

लेता है, वह जीवन में काफी उपलब्धियां प्राप्त करता है। यह गुण भी व्यक्ति के जन्म के साथ ही आता है और स्वभाव में ही शामिल रहता है।

धैर्य धारण करना

धैर्य एक ऐसा गुण है जो व्यक्ति को हर विषम परिस्थिति से बचाने में सक्षम है। विपरीत परिस्थितियों में धैर्य धारण करके ही बुरे समय को दूर किया जा सकता है। यदि कोई व्यक्ति हर कार्य जल्दबाजी में करता है, बिना विचारे ही त्वरित निर्णय कर लेता है तो बाद में हानि उठाता है। ऐसे लोगों को धैर्य की शिक्षा देना भी समय की बर्बादी ही है, क्योंकि यह गुण भी व्यक्ति के जन्म के साथ ही उसके स्वभाव में रहता है।

मीठा बोलना

यदि कोई व्यक्ति कड़वा बोलने वाला है तो उसे लाख समझा लो कि वह मीठा बोले, लेकिन वह अपना स्वभाव लंबे समय तक के लिए नहीं बदल सकता है। जो व्यक्ति जन्म से ही कड़वा बोलने वाला है, उसे मीठा बोलना नहीं सिखाया जा सकता। यह आदत भी व्यक्ति के जन्म के साथ ही उसके स्वभाव में शामिल रहती है।

इस प्रकार आचार्य चाणक्य ने जो चार काम बताए हैं, वे इस प्रकार हैं व्यक्ति की दानशक्ति में बदलाव करना, मीठा बोलना, धैर्य धारण करना, समय पर उचित या अनुचित निर्णय लेना।

❋❋❋

पुरुषों के लिए है अति दुखदायी

आचार्य चाणक्य ने हमारे जीवन को सुखी बनाए रखने के लिए कई नीतियां बताई हैं। इन नीतियों में कई रहस्य छिपे हुए हैं, जिनसे हमारे सुख और दुख की भी जानकारी प्राप्त हो जाती है। आचार्य ने विशेष रूप से पुरुषों के लिए तीन ऐसी स्थितियां बताई हैं जो किसी भी पुरुष को भयंकर दुख देती हैं।

आचार्य कहते हैं कि...

वृद्धकाले मृता भार्या बन्धुहस्ते गतं धनम्।
भोजनं च पराधीनं त्रयः पुंसां विडम्बनाः॥

पहली स्थिति- वृद्ध पुरुष की पत्नी का मरना

इस श्लोक में आचार्य कहते हैं कि किसी वृद्ध पुरुष की पत्नी का मरना दुर्भाग्य की बात है। किसी भी व्यक्ति के लिए बुढ़ापे में पत्नी का साथ बहुत जरूरी होता है। पत्नी के बिना बूढ़ा पुरुष ठीक से जीवन व्यतीत नहीं कर सकता है। इसी वजह से बुढ़ापे में पत्नी का मरना पुरुष के लिए अभाग्य की बात मानी गई है।

दूसरी स्थिति- सारा धन दुश्मनों के हाथ लग जाना

आचार्य चाणक्य ने दूसरी बात यह बताई है कि यदि किसी व्यक्ति का सारा धन उसके दुश्मनों के हाथ चला जाए तो वह बर्बाद हो जाता है। स्वयं की मेहनत से कमाया हुआ धन दुश्मनों के हाथ लगने से व्यक्ति को दोहरे संकट का सामना करना पड़ सकता है। व्यक्ति के दुश्मन

उसका धन उसी के विरुद्ध उपयोग करेंगे और वह धन के अभाव में खुद की जीविका भी ठीक से नहीं चला पाएगा।

तीसरी स्थिति- किसी अन्य व्यक्ति पर आश्रित होना

आचार्य चाणक्य ने तीसरी बात यह बताई है कि यदि कोई पुरुष किसी अन्य व्यक्ति पर आश्रित होता है, किसी दूसरे व्यक्ति का दिया हुआ खाना खाता है, पराए लोगों के अधीन रहता है तो ऐसे पुरुष का जीवन नर्क के समान है। ऐसी स्थितियों में पुरुष कई दुखों का सामना करता है।

❋❋❋

विद्यार्थियों के लिए काम

किसी व्यक्ति के जीवन को सही दिशा देने का काम शिक्षा ही करती है। अच्छी शिक्षा ही अच्छा भविष्य बना सकती है। इसी वजह से पढ़ाई के दिनों में छात्र-छात्राओं को विशेष सावधानी रखनी चाहिए। इन दिनों में यदि कोई विद्यार्थी रास्ता भटक जाता है तो उसका पूरा जीवन बुरी तरह से प्रभावित हो सकता है। आचार्य चाणक्य द्वारा विद्यार्थियों के लिए आठ काम ऐसे बताए गए हैं जो उन्हें नहीं करना चाहिए।

आचार्य चाणक्य कहते हैं कि-

काम क्रोध अरु स्वाद, लोभ शृंगारहिं कौतुकहिं।
अति सेवन निद्राहि, विद्यार्थी आठौ तजै।।

इस दोहे में आचार्यजी ने आठ ऐसी बातें बताई हैं जिनसे विद्यार्थियों को हमेशा दूर ही रहना चाहिए। पढ़ाई के दिनों में बहुत सावधानी रखने की आवश्यकता होती है, क्योंकि इस समय किए गए कार्यों पर हमारा भविष्य टिका होता है। जरा-सी लापरवाही कई प्रकार की परेशानियों को जन्म दे सकती है। आइये जानते हैं क्या हैं वो आठ काम-

कामवासना

विद्यार्थी को काम यानी कामवासना से दूर रहना चाहिए। ऐसे विचारों से अध्ययन में मन नहीं लग पाता है। कामवासना के विचारों से मन भटकता रहता है। अतः छात्र-छात्राओं को इससे बचना चाहिए।

क्रोध

क्रोध यानी गुस्से को इंसान का सबसे बड़ा शत्रु माना जाता है। क्रोधवश व्यक्ति की सोचने-समझने की शक्ति नष्ट हो जाती है। अतः विद्यार्थी को इससे भी बचना चाहिए।

लालच

लालच को सबसे बुरी बला माना जाता है। अतः विद्यार्थियों को किसी भी बात के लिए लालच नहीं करना चाहिए।

स्वाद

स्वादिष्ट भोजन का लोभ छोड़कर संतुलित आहार लेने वाले विद्यार्थियों को हमेशा ही सर्वश्रेष्ठ परिणाम प्राप्त होते हैं।

श्रृंगार

आवश्यकता से अधिक साज-सज्जा, श्रृंगार करने वाले विद्यार्थियों का मन भी अध्ययन की ओर नहीं रहता है। ऐसे में वे श्रेष्ठ परिणाम प्राप्त नहीं कर पाते हैं।

मनोरंजन

विद्यार्थियों के लिए आवश्यकता से अधिक खेल-तमाशे भी नुकसानदायक हो सकते हैं। अतः इनसे भी बचना चाहिए। खेल, तमाशे यानी आज के दौर में टीवी, फिल्म आदि से दूर रहने पर सर्वश्रेष्ठ फल प्राप्त होते हैं।

नींद

स्वस्थ शरीर के लिए छह से आठ घंटे की नींद पर्याप्त रहती है। इससे अधिक नींद लेने वाले विद्यार्थियों को समय का अभाव और आलस्य जैसी कई प्रकार की परेशानियों का सामना करना पड़ता है।

सेवा

यदि कोई विद्यार्थी किसी इंसान की सेवा में ज्यादा समय देता है तो वह ठीक से अध्ययन नहीं कर सकता है। अतः इस बात से भी दूरी बनाकर रखना चाहिए।

❋❋❋

रहने की जगह

हमें कैसे स्थान को अपना निवास, घर बनाना चाहिए इस संबंध में आचार्य चाणक्य ने पाँच बातें बताई हैं। जिस स्थान पर ये बातें उपलब्ध हों, वहां रहना सर्वश्रेष्ठ है।

आचार्य चाणक्य कहते हैं-

धनिकः श्रोत्रियो राजा नदी वैद्यस्तु पंचमः।
पंच यत्र न विद्यन्ते तत्र दिवसं वसेत्॥

प्रथम स्थान जहाँ कोई धनी रहता हो

आचार्य चाणक्य ने रहने योग्य प्रथम स्थान वह बताया है जहाँ कोई धनी रहता हो, क्योंकि जिस स्थान पर कोई धनी हो, वहां व्यवसाय में बढ़ोतरी होती है। धनी व्यक्ति के आसपास रहने वाले लोगों को भी रोजगार प्राप्त होने की संभावनाएं रहती हैं।

दूसरा स्थान वह जहाँ कोई ज्ञानी रहता हो

आचार्य चाणक्य ने रहने योग्य दूसरा स्थान वह बताया है जहाँ कोई ज्ञानी रहता हो, क्योंकि जिस स्थान पर कोई ज्ञानी, वेद जानने वाला व्यक्ति हो, वहां रहने से धर्म लाभ प्राप्त होता है। हमारा ध्यान पाप की ओर नहीं बढ़ता है।

तीसरा स्थान वह जहाँ कोई शासकीय अधिकारी रहता हो

आचार्य चाणक्य ने रहने योग्य तीसरा स्थान वह बताया है जहाँ कोई शासकीय अधिकारी रहता हो, क्योंकि जहां राजा या शासकीय व्यवस्था

से संबंधित व्यक्ति रहता है, वहां रहने से हमें सभी शासन की योजनाओं का लाभ प्राप्त होता है।

चौथा स्थान वह जहाँ नदी बहती हो

आचार्य चाणक्य ने रहने योग्य चौथा स्थान वह बताया है जहाँ आसपास कोई नदी बहती हो, क्योंकि जिस स्थान पर नदी बहती हो, जहां पानी प्रचुर मात्रा में हो, वहां रहने से हमें समस्त प्राकृतिक वस्तुएं और लाभ प्राप्त होते हैं।

पांचवां स्थान वह जहाँ वैद्य रहता हो

आचार्य चाणक्य ने रहने योग्य पांचवां स्थान वह बताया है जहाँ कोई वैद्य रहता हो, क्योंकि जिस स्थान पर वैद्य हो, वहां रहने से हमें बीमारियों से तुरंत मुक्ति मिल जाती है।

अतः आचार्य चाणक्य द्वारा बताई गई ये पांच बातें जहां हों, वहां रहना ही लाभकारी रहता है।

❋❋❋

जब दो आदमी बात करें

चाणक्य ने सुखी और श्रेष्ठ जीवन के लिए कई नीतियां बताई हैं, आज भी यदि इन नीतियों का पालन किया जाए तो हम कई परेशानियों से बच सकते हैं। यहां जानिए चाणक्य की एक नीति, जिसमें बताया गया है कि हमें किन लोगों या चीजों के बीच में से नहीं निकलना चाहिए।

चाणक्य कहते हैं कि-

"विप्रयोर्विप्रवह्नेश्च दम्पत्योः स्वामिभृत्ययोः।
अन्तरेण न गन्तव्यं हलस्य वृषभस्य च॥"

दो ज्ञानी लोग

जब दो ब्राह्मण या ज्ञानी लोग बात कर रहे हों तो उनके बीच में से निकलना नहीं चाहिए। एक पुरानी कहावत है ''ज्ञानी से ज्ञानी मिलें करें ज्ञान की बात।'' यानी जब दो ज्ञानी लोग मिलते हैं तो वे ज्ञान की बातें ही करते हैं। अतः ऐसे समय में उनकी बातचीत में बाधा उत्पन्न नहीं करनी चाहिए।

ब्राह्मण और अग्नि

यदि किसी स्थान पर कोई ब्राह्मण अग्नि के पास बैठा हो तो इन दोनों के बीच में से भी नहीं निकलना चाहिए। ऐसी परिस्थिति में यह संभव है कि वह ब्राह्मण हवन या यज्ञ कर रहा हो और हमारी वजह से उसका पूजन अधूरा रह सकता है।

मालिक और नौकर

जब स्वामी और सेवक बातचीत कर रहे हों तो उनके बीच में से भी निकलना नहीं चाहिए। हो सकता है कि स्वामी अपने सेवक को कोई जरूरी काम समझा रहा हो। ऐसे समय पर यदि हम उनके बीच में से निकलेंगे तो मालिक और नौकर के बीच संवाद बाधित हो जाएगा।

पति और पत्नी

यदि किसी स्थान पर कोई पति-पत्नी खड़े हों या बैठे हों तो उनके बीच में नहीं निकलना चाहिए। यह अनुचित माना गया है। ऐसा करने पर पति-पत्नी का एकांत भंग होता है। हो सकता है पति-पत्नी, घर-परिवार की किसी गंभीर समस्या पर चर्चा कर रहे हों या निजी बातचीत कर रहे हों, तो हमारी वजह से उनके निजी पलों में बाधा उत्पन्न हो सकती है।

हल और बैल

कहीं हल और बैल, एक साथ दिखाई दें तो उनके बीच में से नहीं निकलना चाहिए। यदि इनके बीच में निकलने का प्रयास किया जाएगा तो चोट लग सकती है। अतः हल और बैल से दूर रहना चाहिए।

❀❀❀

बच्चों की परवरिश

बच्चों की सही परवरिश उनका जीवन सुधार सकती है। यदि परवरिश में जरा सी भी लापरवाही हो तो बच्चों का जीवन गलत दिशा में जा सकता है। माता-पिता का कर्तव्य होता है कि वे बच्चों को सही शिक्षा दें और उनका जीवन सुखमय बनाएं। बच्चों की परवरिश के संबंध में आचार्य चाणक्य ने भी बहुत अच्छी बातें बताई हैं।

आचार्य चाणक्य कहते है कि सभी माता-पिता को चाहिए कि वे पांच वर्ष की आयु तक अपने बच्चों के साथ प्रेम और दुलार करें। इसके बाद जब पुत्र दस वर्ष का हो जाए तो और यदि वह गलत आदतों का शिकार हो रहा है तो उसे ताड़ना या दण्ड भी दिया जा सकता है। जिससे उसका भविष्य सुरक्षित रह सके। जब बच्चा सोलह वर्ष का हो जाए तो उसके साथ मित्रों के जैसा व्यवहार करना चाहिए।

आचार्य चाणक्य कहते हैं कि जब तक बच्चा पांच वर्ष का हो तब तक माता-पिता को उससे बहुत प्रेम और दुलार के साथ पेश आना चाहिए। अक्सर ज्यादा लाड़-प्यार में बच्चे गलत आदतों के शिकार हो जाते हैं और प्रेम से वे नहीं समझ रहे हैं तो उन्हें सजा देकर सुधारा जा सकता है। डरा-धमकाकर बच्चों को सही राह पर लाया जा सकता है। इसके अतिरिक्त जब बच्चा सोलह वर्ष का हो जाए उसके बाद उनके साथ मित्रों की तरह व्यवहार रखना चाहिए। इस उम्र के बाद बच्चों के साथ किसी भी तरह की ताडना या पिटाई नहीं की जानी चाहिए। अन्यथा

बच्चा घर छोड़कर भी जा सकता है। जब बच्चा घर-संसार को समझने लगे तो उससे मित्रों की तरह व्यवहार रखना श्रेष्ठ रहता है।

❁❁❁

चाणक्य और सफलता के सूत्र

आज के समय में अधिकांश लोगों को धन संबंधी सुख पाने के लिए अतिरिक्त श्रम करना पड़ता है। फिर भी बहुत ही कम लोग अधिक श्रम के बाद भी पर्याप्त प्रतिफल प्राप्त कर पाते हैं। व्यक्ति को कुछ कामों में तो सफलता मिल जाती है, लेकिन कुछ कामों में असफलता का मुंह भी देखना पड़ता है। यदि आप सफलता का प्रतिशत बढ़ाना चाहते हैं तो यहां एक चाणक्य नीति बताई जा रही है। इस नीति का ध्यान रखेंगे तो आपको अधिकतर कार्यों में सफलता मिल सकती है। हम जब ज्यादा कामों में सफल होंगे तो धन संबंधी लाभ भी मिलेगा और इस प्रकार धन संचय होने लगेगा।

चाणक्य कहते हैं कि-

कः कालः कानि मित्राणि को देशः कौ व्ययागमौ।
कस्याऽडं का च मे शक्तिरिति चिन्त्यं मुहुर्मुहुः॥

यह चाणक्य नीति के चतुर्थ अध्याय का 18वां श्लोक है। इस श्लोक में चाणक्य ने बताया है कि हमें कार्यों में सफलता पाने के लिए किन 6 बातों को हमेशा सोचते रहना चाहिए? इन बातों का ध्यान रखकर काम करेंगे तो असफलता मिलने की संभावनाएं काफी कम हो जाती हैं।

पहली बात

आचार्य चाणक्य कहते हैं कि वही व्यक्ति समझदार और सफल है, जिसे इस प्रश्न का उत्तर हमेशा मालूम रहता है। समझदार व्यक्ति जानता है

कि वर्तमान समय कैसा चल रहा है। अभी सुख के दिन हैं या दुख के। इसी के आधार पर वह कार्य करता हैं। यदि सुख के दिन हैं तो अच्छे कार्य करते रहना चाहिए और यदि दुख के दिन हैं तो अच्छे कामों के साथ धैर्य बनाए रखना चाहिए। दुख के दिनों में धैर्य खोने पर अनर्थ हो सकता है।

दूसरी बात

हमें यह मालूम होना चाहिए कि हमारे सच्चे मित्र कौन-कौन हैं और मित्रों के वेश में शत्रु कौन-कौन हैं? शत्रुओं को तो हम जानते हैं और उनसे बचते हुए ही कार्य करते हैं, लेकिन मित्रों के वेश में छिपे शत्रु का पहचाना बहुत जरूरी है। यदि मित्रों में छिपे शत्रु को नहीं पहचान पाएंगे तो कार्यों में असफलता ही मिलेगी। ऐसे लोगों से भी बचना चाहिए। साथ ही, इस बात का भी ध्यान रखें कि सच्चे मित्र कौन हैं? क्योंकि सच्चे मित्रों की मदद लेने पर ही सफलता मिल सकती है। यदि गलती से मित्र बने हुए शत्रु से मदद मांग ली तो पूरी मेहनत पर पानी फिर सकता है।

तीसरी बात

यह देश कैसा है यानी जहां हम काम करते हैं, वह स्थान, शहर और वहां के हालात कैसे हैं? कार्यस्थल पर काम करने वाले लोग कैसे हैं? इन बातों का ध्यान रखते हुए काम करेंगे तो असफल होने की संभावनाएं बहुत कम हो जाएंगी।

चौथी बात

समझदार इंसान वही है तो अपनी आय और व्यय की सही जानकारी रखता है। व्यक्ति को अपनी आय देखकर ही व्यय करना चाहिए। जो लोग आय से अधिक खर्च करते हैं, वे परेशानियों में अवश्य फंसते हैं।

अतः धन संबंधी सुख पाने के लिए कभी आय से अधिक व्यय नहीं करना चाहिए। आय से कम खर्च करेंगे तो थोड़ा-थोड़ा ही सही पर धन संचय हो सकता है।

पांचवीं बात

हमें इस बात का ध्यान रखना चाहिए कि हमारा प्रबंधक, कंपनी, संस्थान या बॉस हमसे क्या चाहता है? हम ठीक वैसे ही काम करें, जिससे संस्थान को लाभ मिलता है। यदि संस्थान को लाभ होगा तो कर्मचारी को भी लाभ मिलने की संभावनाएं बढ़ जाती हैं।

अंतिम बात

अंतिम बात सबसे जरूरी है, हमें यह मालूम होना चाहिए कि हम क्या-क्या कर सकते हैं? वही काम हाथ में लेना चाहिए, जिसे पूरा करने का सामर्थ्य हमारे पास है। यदि शक्ति से अधिक काम हम हाथ में ले लेंगे तो असफल होना तय है। ऐसी परिस्थिति में कार्य स्थल और समाज में हमारी छबि पर बुरा असर होगा।

❁❁❁

चाणक्य के अनमोल कथन

ऋण, शत्रु और रोग को समाप्त कर देना चाहिए।

◆◆◆

वन की अग्नि चन्दन की लकड़ी को भी जला देती है अर्थात दुष्ट व्यक्ति किसी का भी अहित कर सकते हैं।

◆◆◆

शत्रु की दुर्बलता जानने तक उसे अपना मित्र बनाए रखें।

◆◆◆

सिंह भूखा होने पर भी तिनका नहीं खाता।

◆◆◆

एक ही देश के दो शत्रु परस्पर मित्र होते हैं।

◆◆◆

आपातकाल में स्नेह करने वाला ही मित्र होता है।

◆◆◆

मित्रों के संग्रह से बल प्राप्त होता है।

◆◆◆

जो धैर्यवान नहीं है, उसका न वर्तमान है न भविष्य।

◆◆◆

संकट में बुद्धि ही काम आती है।

◆◆◆

लोहे को लोहे से ही काटना चाहिए।

◆◆◆

यदि माता दुष्ट है तो उसे भी त्याग देना चाहिए।

◆◆◆

यदि स्वयं के हाथ में विष फैल रहा है तो उसे काट देना चाहिए।

◆◆◆

सांप को दूध पिलाने से विष ही बढ़ता है, न कि अमृत।

◆◆◆

एक बिगड़ैल गाय सौ कुत्तों से ज्यादा श्रेष्ठ है। अर्थात् एक विपरीत स्वभाव का परम हितैषी व्यक्ति, उन सौ लोगों से श्रेष्ठ है जो आपकी चापलूसी करते हैं।

◆◆◆

कल के मोर से आज का कबूतर भला। अर्थात् संतोष सबसे बड़ा धन है।

◆◆◆

आग सिर में स्थापित करने पर भी जलाती है। अर्थात् दुष्ट व्यक्ति का कितना भी सम्मान कर लें, वह सदा दुःख ही देता है।

◆◆◆

अन्न के सिवाय कोई दूसरा धन नहीं है।

◆◆◆

भूख के समान कोई दूसरा शत्रु नहीं है।

◆◆◆

विद्या ही निर्धन का धन है।

◆◆◆

विद्या को चोर भी नहीं चुरा सकता।

◆◆◆

शत्रु के गुण को भी ग्रहण करना चाहिए।

◆◆◆

अपने स्थान पर बने रहने से ही मनुष्य पूजा जाता है।

◆◆◆

सभी प्रकार के भय से बदनामी का भय सबसे बड़ा होता है।

◆◆◆

किसी लक्ष्य की सिद्धि में कभी शत्रु का साथ न करें।

◆◆◆

आलसी का न वर्तमान होता है, न भविष्य।

◆◆◆

सोने के साथ मिलकर चांदी भी सोने जैसी दिखाई पड़ती है अर्थात् सत्संग का प्रभाव मनुष्य पर अवश्य पड़ता है।

◆◆◆

ढेकुली नीचे सिर झुकाकर ही कुँए से जल निकालती है। अर्थात् कपटी या पापी व्यक्ति सदैव मधुर वचन बोलकर अपना काम निकालते है।

◆◆◆

सत्य भी यदि अनुचित है तो उसे नहीं कहना चाहिए।

◆◆◆

समय का ध्यान नहीं रखने वाला व्यक्ति अपने जीवन में निर्विघ्न नहीं रहता।

◆◆◆

जो जिस कार्ये में कुशल हो उसे उसी कार्य में लगाना चाहिए।

◆◆◆

दोषहीन कार्यों का होना दुर्लभ होता है।

◆◆◆

किसी भी कार्य में पल भर का भी विलम्ब न करें।

◆◆◆

चंचल चित्त वाले के कार्य कभी समाप्त नहीं होते।

◆◆◆

पहले निश्चय करें, फिर कार्य आरम्भ करें।

◆◆◆

भाग्य पुरुषार्थी के पीछे चलता है।

◆◆◆

अर्थ, धर्म और कर्म का आधार है।

◆◆◆

शत्रु दण्डनीति के ही योग्य है।

◆◆◆

कठोर वाणी अग्निदाह से भी अधिक तीव्र दुःख पहुंचाती है।

◆◆◆

व्यसनी व्यक्ति कभी सफल नहीं हो सकता।

◆◆◆

शक्तिशाली शत्रु को कमजोर समझकर ही उस पर आक्रमण करे।

◆◆◆

अपने से अधिक शक्तिशाली और समान बल वाले से शत्रुता न करे।

◆◆◆

मंत्रणा को गुप्त रखने से ही कार्य सिद्ध होता है।

◆◆◆

योग्य सहायकों के बिना निर्णय करना बड़ा कठिन होता है।

◆◆◆

एक अकेला पहिया नहीं चला करता।

◆◆◆

अविनीत स्वामी के होने से तो स्वामी का न होना अच्छा है।

◆◆◆

जिसकी आत्मा संयमित होती है, वही आत्मविजयी होता है।

◆◆◆

स्वभाव का अतिक्रमण अत्यंत कठिन है।

◆◆◆

धूर्त व्यक्ति अपने स्वार्थ के लिए दूसरों की सेवा करते हैं।

◆◆◆

कल की हजार कौड़ियों से आज की एक कौड़ी भली। अर्थात संतोष सबसे बड़ा धन है।

◆◆◆

दुष्ट स्त्री बुद्धिमान व्यक्ति के शरीर को भी निर्बल बना देती है।

◆◆◆

आग में आग नहीं डालनी चाहिए। अर्थात् क्रोधी व्यक्ति को अधिक क्रोध नहीं दिलाना चाहिए।

◆◆◆

मनुष्य की वाणी ही विष और अमृत की खान है।

◆◆◆

दुष्ट की मित्रता से शत्रु की मित्रता अच्छी होती है।

◆◆◆

दूध के लिए हथिनी पालने की जरुरत नहीं होती। अर्थात् आवश्कयता के अनुसार साधन जुटाने चाहिए।

◆◆◆

कठिन समय के लिए धन का संचय करना चाहिए।

◆◆◆

कल का कार्य आज ही कर लें।

◆◆◆

सुख का आधार धर्म है।

◆◆◆

धर्म का आधार अर्थ अर्थात धन् है।

◆◆◆

अर्थ का आधार राज्य है।

◆◆◆

राज्य का आधार अपनी इन्द्रियों पर विजय पाना है।

◆◆◆

प्रकृति (सहज) रूप से प्रजा के संपन्न होने से नेताविहीन राज्य भी संचालित होता रहता है।

◆◆◆

वृद्धजन की सेवा ही विनय का आधार है।

◆◆◆

वृद्ध सेवा अर्थात् ज्ञानियों की सेवा से ही ज्ञान प्राप्त होता है।

◆◆◆

ज्ञान से राजा अपनी आत्मा का परिष्कार करता है, सम्पादन करता है।

◆◆◆

आत्मविजयी सभी प्रकार की संपत्ति एकत्र करने में समर्थ होता है।

◆◆◆

जहां लक्ष्मी (धन) का निवास होता है, वहां सहज ही सुख-सम्पदा आ जुड़ती है।

◆◆◆

इन्द्रियों पर विजय का आधार विनम्रता है।

◆◆◆

प्रकृति का कोप सभी कोपों से बड़ा होता है।

◆◆◆

शासक को स्वयं योग्य बनकर योग्य प्रशासकों की सहायता से शासन करना चाहिए।

◆◆◆

योग्य सहायकों के बिना निर्णय करना बड़ा कठिन होता है।

◆◆◆

एक अकेला पहिया नहीं चला करता।

◆◆◆

सुख और दुःख में सामान रूप से सहायक होना चाहिए।

◆◆◆

स्वाभिमानी व्यक्ति प्रतिकूल विचारों कोसम्मुख रखकर दुबारा उन पर विचार करे।

◆◆◆

अविनीत व्यक्ति को स्नेही होने पर भी मंत्रणा में नहीं रखना चाहिए।

◆◆◆

शासक को स्वयं योग्य बनकर योग्य प्रशासकों की सहायता से शासन करना चाहिए।

◆◆◆

ज्ञानी और छल-कपट से रहित शुद्ध मन वाले व्यक्ति को ही मंत्री बनाए।

◆◆◆

समस्त कार्य पूर्व मंत्रणा से करने चाहिए।

◆◆◆

विचार अथवा मंत्रणा को गुप्त न रखने पर कार्य नष्ट हो जाता है।

◆◆◆

लापरवाही अथवा आलस्य से भेद खुल जाता है।

◆◆◆

सभी मार्गों से मंत्रणा की रक्षा करनी चाहिए।

◆◆◆

मन्त्रणा की सम्पत्ति से ही राज्य का विकास होता है।

◆◆◆

मंत्रणा की गोपनीयता को सर्वोत्तम माना गया है।

◆◆◆

भविष्य के अन्धकार में छिपे कार्य के लिए श्रेष्ठ मंत्रणा दीपक के समान प्रकाश देने वाली है।

◆◆◆

मंत्रणा के समय कर्त्तव्य पालन में कभी ईर्ष्या नहीं करनी चाहिए।

◆◆◆

मंत्रणा रूप आँखों से शत्रु के छिद्रों अर्थात उसकी कमजोरियों को देखा-परखा जाता है।

◆◆◆

राजा, गुप्तचर और मंत्री तीनो का एक मत होना किसी भी मंत्रणा की सफलता है।

◆◆◆

कार्य-अकार्य के तत्वदर्शी ही मंत्री होने चाहिए।

◆◆◆

छः कानो में पड़ने से (तीसरे व्यक्ति को पता पड़ने से) मंत्रणा का भेद खुल जाता है।

◆◆◆

अप्राप्त लाभ आदि राज्यतंत्र के चार आधार है।

◆◆◆

आलसी राजा अप्राप्त लाभ को प्राप्त नहीं करता।

◆◆◆

आलसी राजा प्राप्त वास्तु की रक्षा करने में असमर्थ होता है।

◆◆◆

आलसी राजा अपने विवेक की रक्षा नहीं कर सकता।

◆◆◆

आलसी राजा की प्रशंसा उसके सेवक भी नहीं करते।

◆◆◆

शक्तिशाली राजा लाभ को प्राप्त करने का प्रयत्न करता है।

◆◆◆

नीतिशास्त्र राज्यतंत्र से अलग है।

◆◆◆

राज्यतंत्र से संबंधित घरेलु और बाह्य, दोनों कर्तव्यों को राजतंत्र का अंग कहा जाता है।

◆◆◆

राज्य नीति का संबंध केवल अपने राज्य को समृद्धि प्रदान करने वाले मामलों से होता है।

◆◆◆

निर्बल राजा को तत्काल संधि करनी चाहिए।

◆◆◆

पडोसी राज्यों से सन्धियां तथा पारस्परिक व्यवहार का आदान-प्रदान और संबंध विच्छेद आदि का निर्वाह मंत्रिमंडल करता है।

◆◆◆

राज्य को नीतिशास्त्र के अनुसार चलना चाहिए।

◆◆◆

निकट के राज्य स्वभाव से शत्रु हो जाते है।

◆◆◆

किसी विशेष प्रयोजन के लिए ही शत्रु मित्र बनता है।

◆◆◆

आवाप अर्थात् दूसरे राष्ट्र से सम्बद्ध अथवा सम्बन्धित नीति का परिपालन मंत्रिमंडल का कार्य है।

◆◆◆

दुर्बल के साथ संधि न करे।

◆◆◆

ठंडा लोहा लोहे से नहीं जुड़ता।

◆◆◆

संधि करने वालों में तेज ही संधि का हेतु होता है।

◆◆◆

शत्रु के प्रयत्नों की समीक्षा करते रहना चाहिए।

◆◆◆

बलवान से युद्ध करना हाथियों से पैदल सेना को लड़ाने के समान है।

◆◆◆

कच्चा पात्र कच्चे पात्र से टकराकर टूट जाता है।

◆◆◆

संधि और एकता होने पर भी सतर्क रहें।

◆◆◆

शत्रुओं से अपने राज्य की पूर्ण रक्षा करें।

◆◆◆

शक्तिहीन को बलवान का आश्रय लेना चाहिए।

◆◆◆

दुर्बल के आश्रय से दुःख ही होता है।

◆◆◆

अग्नि के समान तेजस्वी जानकर ही किसी का सहारा लेना चाहिए।

◆◆◆

राजा के प्रतिकूल आचरण नहीं करना चाहिए।

◆◆◆

व्यक्ति को उट-पटांग अथवा गँवार वेशभूषा धारण नहीं करनी चाहिए।

◆◆◆

देवता के चरित्र का अनुकरण नहीं करना चाहिए।

◆◆◆

ईर्ष्या करने वाले दो समान व्यक्तियों में विरोध पैदा कर देना चाहिए।

◆◆◆

चतुरंगणी सेना (हाथी, घोड़े, रथ और पैदल) होने पर भी इन्द्रियों के वश में रहने वाला राजा नष्ट हो जाता है।

◆◆◆

जुए में लिप्त रहने वाले के कार्य पूरे नहीं होते हैं।

◆◆◆

शिकारपरस्त राजा धर्म और अर्थ दोनों को नष्ट कर देता है।

◆◆◆

शराबी व्यक्ति का कोई कार्य पूरा नहीं होता है।

◆◆◆

कामी पुरुष कोई कार्य नहीं कर सकता।

◆◆◆

पूर्वाग्रह से ग्रसित होकर दंड देना लोकनिंदा का कारण बनता है।

◆◆◆

धन का लालची श्रीविहीन हो जाता है।

◆◆◆

दण्डनीति के उचित प्रयोग से ही प्रजा की रक्षा संभव है।

◆◆◆

दंड से सम्पदा का आयोजन होता है।

◆◆◆

दण्डनीति के प्रभावी न होने से मंत्रीगण भी बेलगाम होकर अप्रभावी हो जाते है।

◆◆◆

दंड का भय न होने से लोग अकार्य करने लगते हैं।

◆◆◆

दण्डनीति से आत्मरक्षा की जा सकती है।

◆◆◆

आत्मरक्षा से सबकी रक्षा होती है।

◆◆◆

आत्मसम्मान के हनन से विकास का विनाश हो जाता है।

◆◆◆

निर्बल राजा भी आज्ञा की अवहेलना कदापि नहीं करनी चाहिए।

◆◆◆

अग्नि में दुर्बलता नहीं होती।

◆◆◆

दंड का निर्धारण विवेकसम्मत होना चाहिए।

◆◆◆

दंडनीति से राजा की प्रवृत्ति अर्थात् स्वभाव का पता चलता है।

◆◆◆

स्वभाव का मूल अर्थ लाभ होता है।

◆◆◆

अर्थ कार्य का आधार है।

◆◆◆

धन होने पर अल्प प्रयत्न करने से कार्य पूर्ण हो जाते हैं।

◆◆◆

उपाय से सभी कार्य पूर्ण हो जाते हैं। कोई कार्य कठिन नहीं रहता।

◆◆◆

बिना उपाय के किए गए कार्य प्रयत्न करने पर भी बचाए नहीं जा सकते, नष्ट हो जाते हैं।

◆◆◆

कार्य करने वाले के लिए उपाय सहायक होता है।

◆◆◆

कार्य का स्वरुप निर्धारित हो जाने के बाद वह कार्य लक्ष्य बन जाता है।

◆◆◆

अस्थिर मन वाले की सोच स्थिर नहीं रहती।

◆◆◆

कार्य के मध्य में अति विलम्ब और आलस्य उचित नहीं है।

◆◆◆

कार्य-सिद्धि के लिए हस्त-कौशल का उपयोग करना चाहिए।

◆◆◆

भाग्य के विपरीत होने पर अच्छा कर्म भी दुखदायी हो जाता है।

◆◆◆

अशुभ कार्यों को नहीं करना चाहिए।

◆◆◆

समय को समझने वाला कार्य सिद्ध करता है।

◆◆◆

समय का ज्ञान न रखने वाले राजा का कर्म समय के द्वारा ही नष्ट हो जाता है।

◆◆◆

देश और फल का विचार करके कार्य आरम्भ करें।

◆◆◆

नीतिवान पुरुष कार्य प्रारम्भ करने से पूर्व ही देश-काल की परीक्षा कर लेते हैं।

◆◆◆

परीक्षा करने से लक्ष्मी स्थिर रहती है।

◆◆◆

सभी प्रकार की सम्पत्ति का सभी उपायों से संग्रह करना चाहिए।

◆◆◆

बिना विचार किए कार्य करने वालो को भाग्यलक्ष्मी त्याग देती है।

◆◆◆

ज्ञान अर्थात् अपने अनुभव और अनुमान के द्वारा कार्य की परीक्षा करें।

◆◆◆

उपायों को जानने वाला कठिन कार्यों को भी सहज बना लेता है।

◆◆◆

सिद्ध हुए कार्यों का प्रकाशन करना ही उचित कर्तव्य होना चाहिए।

◆◆◆

संयोग से तो एक कीड़ा भी स्थिति में परिवर्तन कर देता है।

◆◆◆

अज्ञानी व्यक्ति के कार्य को बहुत अधिक महत्त्व नहीं देना चाहिए।

◆◆◆

ज्ञानियों के कार्य भी भाग्य तथा मनुष्यों के दोष से दूषित हो जाते हैं।

◆◆◆

भाग्य का शमन शांति से करना चाहिए।

◆◆◆

मनुष्य के कार्यों में आए विध्न को कुशलता से ठीक करना चाहिए।

◆◆◆

मूर्ख लोग कार्यों के मध्य कठिनाई उत्पन्न होने पर दोष ही निकाला करते हैं।

◆◆◆

कार्य की सिद्धि के लिए उदारता नहीं बरतनी चाहिए।

◆◆◆

दूध पीने के लिए गाय का बछड़ा अपनी माँ के थनों पर प्रहार करता है।

◆◆◆

जिन्हें भाग्य पर विश्वास नहीं होता, उनके कार्य पूरे नहीं होते।

◆◆◆

प्रयत्न न करने से कार्य में विघ्न पड़ता है।

◆◆◆

जो अपने कर्त्तव्यों से बचते है, वे अपने आश्रितों, परिजनों का भरण-पोषण नहीं कर पाते।

◆◆◆

जो अपने कर्म को नहीं पहचानता, वह अँधा है।

◆◆◆

प्रत्यक्ष और परोक्ष साधनों के अनुमान से कार्य की परीक्षा करें।

◆◆◆

निम्न अनुष्ठानों (भूमि, धन-व्यापार उधोग-धंधों) से आय के साधन भी बढ़ते हैं।

◆◆◆

विचार न करके कार्य करने वाले व्यक्ति को लक्ष्मी त्याग देती है।

◆◆◆

परीक्षा किये बिना कार्य करने से कार्य विपत्ति में पड़ता व्यक्ति पड़ता है।

◆◆◆

परीक्षा करके विपत्ति को दूर करना चाहिए।

◆◆◆

अपनी शक्ति को जानकर ही कार्य करें।

◆◆◆

स्वजनों को तृप्त करके शेष भोजन से जो अपनी भूख शांत करता है, वह अमृत भोजी कहलाता है।

◆◆◆

कायर व्यक्ति को कार्य की चिंता नहीं होती।

◆◆◆

अपने स्वामी के स्वभाव को जानकर ही आश्रित कर्मचारी कार्य करते हैं।

◆◆◆

गाय के स्वभाव को जानने वाला ही दूध का उपभोग करता है।

◆◆◆

नीच व्यक्ति के सम्मुख रहस्य और अपने दिल की बात नहीं करनी चाहिए।

◆◆◆

कोमल स्वभाव वाला व्यक्ति अपने आश्रितों से भी अपमानित होता है।

◆◆◆

कठोर दंड से सभी लोग घृणा करते हैं।

◆◆◆

राजा योग्य अर्थात् उचित दंड देने वाला हो।

◆◆◆

अगम्भीर विद्वान को संसार में सम्मान नहीं मिलता।

◆◆◆

महाजन द्वारा अधिक धन संग्रह प्रजा को दुःख पहुँचाता है।

◆◆◆

अत्यधिक भार उठाने वाला व्यक्ति जल्दी थक जाता है।

◆◆◆

सभा के मध्य जो दूसरों के व्यक्तिगत दोष दिखाता है, वह स्वयं अपने दोष दिखाता है।

◆◆◆

मुर्ख लोगों का क्रोध उन्हीं का नाश करता है।

◆◆◆

सच्चे लोगो के लिए कुछ भी अप्राप्य नहीं।

◆◆◆

केवल साहस से कार्य-सिद्धि संभव नहीं।

◆◆◆

व्यसनी व्यक्ति लक्ष्य तक पहुँचने से पहले ही रुक जाता है।

◆◆◆

असंशय की स्तिथि में विनाश से अच्छा तो संशय की स्तिथि में हुआ विनाश होता है।

◆◆◆

दूसरे के धन पर भेदभाव रखना स्वार्थ है।

◆◆◆

न्याय विपरीत पाया धन, धन नहीं है।

◆◆◆

दान ही धर्म है।

◆◆◆

अज्ञानी लोगों द्वारा प्रचारित बातों पर चलने से जीवन व्यर्थ हो जाता है।

◆◆◆

न्याय ही धन है।

◆◆◆

जो धर्म और अर्थ की वृद्धि नहीं करता वह कामी है।

◆◆◆

धर्मार्थ विरोधी कार्य करने वाला अशांति उत्पन्न करता है।

◆◆◆

सीधे और सरल व्तक्ति दुर्लभता से मिलते है।

◆◆◆

निकृष्ट उपायों से प्राप्त धन की अवहेलना करने वाला व्यक्ति ही साधू होता है।

◆◆◆

बहुत से गुणों को एक ही दोष ग्रस लेता है।

◆◆◆

महात्मा को पराए बल पर साहस नहीं करना चाहिए।

◆◆◆

चरित्र का उल्लंघन कदापि नहीं करना चाहिए।

◆◆◆

विश्वास की रक्षा प्राण से भी अधिक करनी चाहिए।

◆◆◆

चुगलखोर श्रोता के पुत्र और पत्नी उसे त्याग देते है।

◆◆◆

बच्चों की सार्थक बातें ग्रहण करनी चाहिए।

◆◆◆

साधारण दोष देखकर महान गुणों को त्याज्य नहीं समझना चाहिए।

◆◆◆

ज्ञानियों में भी दोष सुलभ है।

◆◆◆

रत्न कभी खंडित नहीं होता। अर्थात विद्वान व्यक्ति में कोई साधारण दोष होने पर उस पर ज्यादा ध्यान नहीं देना चाहिए।

◆◆◆

मर्यादाओं का उल्लंघन करने वाले का कभी विश्वास नहीं करना चाहिए।

◆◆◆

शत्रु द्वारा किये गये स्नेहिल व्यवहार को भी दोषयुक्त समझना चाहिए।

◆◆◆

सज्जन की राय का उल्लंघन न करें।

◆◆◆

गुणी व्यक्ति का आश्रय लेने से निर्गुणी भी गुणी हो जाता है।

◆◆◆

दूध में मिला जल भी दूध बन जाता है।

◆◆◆

मृत्तिका पिंड (मिट्टी का ढेला) भी फूलों की सुगंध देता है। अर्थात् सत्संग का प्रभाव मनुष्य पर अवश्य पड़ता हैं जैसे-जिस मिटटी में फूल खिलते हैं उस मिट्टी से भी फूलों की सुगंध आने लगती है।

◆◆◆

मूर्ख व्यक्ति उपकार करने वाले का भी अपकार करता है। इसके विपरीत जो इसके विरुद्ध आचरण करता है, वह विद्वान कहलाता है।

◆◆◆

मछेरा जल में प्रवेश करके ही कुछ पाता है।

◆◆◆

राजा अपने बल-विक्रम से धनी होता है।

◆◆◆

शत्रु भी उत्साही व्यक्ति के वश में हो जाता है।

◆◆◆

उत्साहहीन व्यक्ति का भाग्य भी अंधकारमय हो जाता है।

◆◆◆

पाप कर्म करने वाले को क्रोध और भय की चिंता नहीं होती।

◆◆◆

अविश्वसनीय लोगों पर विश्वास नहीं करना चाहिए।

◆◆◆

विष प्रत्येक स्थिति में विष ही रहता है।

◆◆◆

कार्य करते समय शत्रु का साथ नहीं करना चाहिए।

◆◆◆

राजा की भलाई के लिए ही नीच का साथ करना चाहिए।

◆◆◆

संबंधों का आधार उद्देश्य की पूर्ति के लिए होता है।

◆◆◆

शत्रु का पुत्र यदि मित्र है तो उसकी रक्षा करनी चाहिए।

◆◆◆

शत्रु के छिद्र (दुर्बलता) पर ही प्रहार करना चाहिए।

◆◆◆

अपनी कमजोरी का प्रकाशन न करें।

◆◆◆

एक अंग का दोष भी पुरुष को दुखी करता है।

◆◆◆

शत्रु छिद्र (कमजोरी) पर ही प्रहार करते हैं।

◆◆◆

हाथ में आए शत्रु पर कभी विश्वास न करें।

◆◆◆

स्वजनों की बुरी आदतों का समाधान करना चाहिए।

◆◆◆

स्वजनों के अपमान से मनस्वी दुःखी होते हैं।

◆◆◆

सदाचार से शत्रु पर विजय प्राप्त की जा सकती है।

◆◆◆

विकृतिप्रिय लोग नीचता का व्यवहार करते है।

◆◆◆

नीच व्यक्ति को उपदेश देना ठीक नहीं।

◆◆◆

नीच लोगों पर विश्वास नहीं करना चाहिए।

◆◆◆

भली प्रकार से पूजने पर भी दुर्जन पीड़ा पहुंचाता है।

◆◆◆

कभी भी पुरुषार्थी का अपमान नहीं करना चाहिए।

◆◆◆

क्षमाशील पुरुष को कभी दुःखी न करें।

◆◆◆

क्षमा करने योग्य पुरुष को दुःखी न करें।

◆◆◆

स्वामी द्वारा एकांत में कहे गए गुप्त रहस्यों को मुर्ख व्यक्ति प्रकट कर देते हैं।

◆◆◆

अनुराग अर्थात प्रेम फल अथवा परिणाम से ज्ञात होता है।

◆◆◆

ज्ञान ऐश्वर्य का फल है।

◆◆◆

मुर्ख व्यक्ति दान देने में दुःख का अनुभव करता है।

◆◆◆

विवेकहीन व्यक्ति महान ऐश्वर्य पाने के बाद भी नष्ट हो जाते हैं।

◆◆◆

धैर्यवान व्यक्ति अपने धैर्य से रोगों को भी जीत लेता है।

◆◆◆

गुणवान क्षुद्रता को त्याग देता है।

◆◆◆

कमजोर शरीर में बढ़ने वाले रोग की उपेक्षा न करें।

◆◆◆

शराबी के हाथ में थमें दूध को भी शराब ही समझा जाता है।

◆◆◆

यदि न खाने योग्य भोजन से पेट में बदहजमी हो जाए तो ऐसा भोजन कभी नहीं करना चाहिए।

◆◆◆

आवश्यकतानुसार कम भोजन करना ही स्वास्थ्य प्रदान करता है।

◆◆◆

खाने योग्य भी अपथ्य होने पर नहीं खाना चाहिए।

◆◆◆

दुष्ट के साथ नहीं रहना चाहिए।

◆◆◆

जब कार्यों की अधिकता हो, तब उस कार्य को पहले करें, जिससे अधिक फल प्राप्त होता है।

◆◆◆

अजीर्ण की स्थिति में भोजन दुःख पहुंचाता है।

◆◆◆

रोग शत्रु से भी बड़ा है।

◆◆◆

सामर्थ्य के अनुसार ही दान दें।

◆◆◆

चालाक और लोभी बेकार में घनिष्ठता को बढ़ाते हैं।

◆◆◆

लोभ बुद्धि पर छा जाता है, अर्थात बुद्धि को नष्ट कर देता है।

◆◆◆

अपने तथा अन्य लोगों के बिगड़े कार्यों का स्वयं निरीक्षण करना चाहिए।

◆◆◆

मूर्खों में साहस होता ही है। यहाँ साहस का तात्पर्य चोरी–चकारी, लूट–पाट, हत्या आदि से है।

◆◆◆

मूर्खों से विवाद नहीं करना चाहिए।

◆◆◆

मूर्ख से मूर्खों जैसी ही भाषा बोलें।

◆◆◆

मूर्ख का कोई मित्र नहीं है।

◆◆◆

धर्म के समान कोई मित्र नहीं है।

◆◆◆

धर्म ही लोक को धारण करता है।

◆◆◆

प्रेत भी धर्म-अधर्म का पालन करते हैं।

◆◆◆

दया धर्म की जन्मभूमि है।

◆◆◆

धर्म का आधार ही सत्य और दान है।

◆◆◆

धर्म के द्वारा ही लोक विजय होती है।

◆◆◆

मृत्यु भी धर्म पर चलने वाले व्यक्ति की रक्षा करती है।

◆◆◆

जहाँ पाप होता है, वहां धर्म का अपमान होता है।

◆◆◆

लोक-व्यवहार में कुशल व्यक्ति ही बुद्धिमान है।

◆◆◆

सज्जन को बुरा आचरण नहीं करना चाहिए।

◆◆◆

विनाश का उपस्थित होना सहज प्रकृति से ही जाना जा सकता है।

◆◆◆

अधर्म बुद्धि से आत्मविनाश की सूचना मिलती है।

◆◆◆

चुगलखोर व्यक्ति के सम्मुख कभी गोपनीय रहस्य न खोलें।

◆◆◆

राजा के सेवकों का कठोर होना अधर्म माना जाता है।

◆◆◆

दूसरों की रहस्यमयी बातों को नहीं सुनना चाहिए।

◆◆◆

स्वजनों की सीमा का अतिक्रमण न करें।

◆◆◆

पराया व्यक्ति यदि हितैषी हो तो वह भाई है।

◆◆◆

उदासीन होकर शत्रु की उपेक्षा न करें।

◆◆◆

अल्प व्यसन भी दुःख देने वाला होता है।

◆◆◆

स्वयं को अमर मानकर धन का संग्रह करें।

◆◆◆

धनवान व्यक्ति का सारा संसार सम्मान करता है।

◆◆◆

धनविहीन महान राजा का संसार सम्मान नहीं करता।

◆◆◆

दरिद्र मनुष्य का जीवन मृत्यु के समान है।

◆◆◆

धनवान असुंदर व्यक्ति भी सुरुपवान कहलाता है।

◆◆◆

याचक कंजूस-से-कंजूस धनवान को भी नहीं छोड़ते।

◆◆◆

उपार्जित धन का त्याग ही उसकी रक्षा है। अर्थात् उपार्जित धन को लोक हित के कार्यों में खर्च करके सुरक्षित कर लेना चाहिए।

◆◆◆

अकुलीन धनिक भी कुलीन से श्रेष्ठ है।

◆◆◆

नीच व्यक्ति को अपमान का भय नहीं होता।

◆◆◆

कुशल लोगों को रोजगार का भय नहीं होता।

◆◆◆

जितेन्द्रिय व्यक्ति को विषय-वासनाओं का भय नहीं सताता।

◆◆◆

कर्म करने वाले को मृत्यु का भय नहीं सताता।

◆◆◆

साधू पुरुष किसी के भी धन को अपना ही मानते हैं।

◆◆◆

दूसरे के धन अथवा वैभव का लालच नहीं करना चाहिए।

◆◆◆

मृत व्यक्ति का औषधि से क्या प्रयोजन।

◆◆◆

दूसरे के धन का लोभ नाश का कारण होता है।

◆◆◆

दूसरे का धन किंचिद् भी नहीं चुराना चाहिए।

◆◆◆

दूसरों के धन का अपहरण करने से स्वयं अपने ही धन का नाश हो जाता है।

◆◆◆

चोर कर्म से बढ़कर कष्टदायक मृत्यु पाश भी नहीं है।

◆◆◆

जीवन के लिए सत्तू (जौ का भुना हुआ आटा) भी काफी होता है।

◆◆◆

हर पल अपने प्रभुत्व को बनाए रखना ही कर्त्तव्य है।

◆◆◆

नीच की विधाएँ पाप कर्मों का ही आयोजन करती हैं।

◆◆◆

निकम्मे अथवा आलसी व्यक्ति को भूख का कष्ट झेलना पड़ता है।

◆◆◆

भूखा व्यक्ति अखाद्य को भी खा जाता है।

◆◆◆

इंद्रियों के अत्यधिक प्रयोग से बुढ़ापा आना शुरू हो जाता है।

◆◆◆

संपन्न और दयालु स्वामी की ही नौकरी करनी चाहिए।

◆◆◆

लोभी और कंजूस स्वामी से कुछ पाना जुगनू से आग प्राप्त करने के समान है।

◆◆◆

विशेषज्ञ व्यक्ति को स्वामी का आश्रय ग्रहण करना चाहिए।

◆◆◆

नीच और उत्तम कुल के बीच में विवाह संबंध नहीं होने चाहिए।

◆◆◆

न जाने योग्य जगहों पर जाने से आयु, यश और पुण्य क्षीण हो जाते हैं।

◆◆◆

अहंकार से बड़ा मनुष्य का कोई शत्रु नहीं।

◆◆◆

सभा के मध्य शत्रु पर क्रोध न करें।

◆◆◆

शत्रु की बुरी आदतों को सुनकर कानों को सुख मिलता है।

◆◆◆

धनहीन की बुद्धि दिखाई नहीं देती।

◆◆◆

निर्धन व्यक्ति की हितकारी बातों को भी कोई नहीं सुनता।

◆◆◆

निर्धन व्यक्ति की पत्नी भी उसकी बात नहीं मानती।

◆◆◆

पुष्पहीन होने पर सदा साथ रहने वाला भौरा वृक्ष को त्याग देता है।

◆◆◆

विद्या से विद्वान की ख्याति होती है।

◆◆◆

यश शरीर को नष्ट नहीं करता।

◆◆◆

जो दूसरों की भलाई के लिए समर्पित है, वही सच्चा पुरुष है।

◆◆◆

शास्त्रों के ज्ञान से इन्द्रियों को वश में किया जा सकता है।

◆◆◆

गलत कार्यों में लगने वाले व्यक्ति को शास्त्रज्ञान ही रोक पाते हैं।

◆◆◆

नीच व्यक्ति की शिक्षा की अवहेलना करनी चाहिए।

◆◆◆

मलेच्छ अर्थात् नीच की भाषा कभी शिक्षा नहीं देती।

◆◆◆

मलेच्छ अर्थात नीच व्यक्ति की भी यदि कोई अच्छी बात हो अपना लेना चाहिए।

◆◆◆

गुणों से ईर्ष्या नहीं करनी चाहिए।

◆◆◆

विष में यदि अमृत हो तो उसे ग्रहण कर लेना चाहिए।

◆◆◆

विशेष स्थिति में ही पुरुष सम्मान पाता है।

◆◆◆

सदैव आर्यों (श्रेष्ठ जन) के समान ही आचरण करना चाहिए।

◆◆◆

मर्यादा का कभी उल्लंघन न करें।

◆◆◆

विद्वान और प्रबुद्ध व्यक्ति समाज के रत्न हैं।

◆◆◆

स्त्री रत्न से बढ़कर कोई दूसरा रत्न नहीं है।

◆◆◆

रत्नों की प्राप्ति बहुत कठिन है। अर्थात् श्रेष्ठ नर और नारियों की प्राप्ति अत्यंत दुर्लभ है।

◆◆◆

शास्त्र का ज्ञान आलसी को नहीं हो सकता।

◆◆◆

स्त्री के प्रति आसक्त रहने वाले पुरुष को न स्वर्ग मिलता है, न धर्म-कर्म।

◆◆◆

स्त्री भी नपुंसक व्यक्ति का अपमान कर देती है।

◆◆◆

फूलों की इच्छा रखने वाला सूखे पेड़ को नहीं सींचता।

◆◆◆

बिना प्रयत्न किए धन प्राप्ति की इच्छा करना बालू में से तेल निकालने के समान है।

◆◆◆

महान व्यक्तियों का उपहास नहीं करना चाहिए।

◆◆◆

कार्य के लक्षण ही सफलता-असफलता के संकेत दे देते हैं।

◆◆◆

नक्षत्रों द्वारा भी किसी कार्य के होने, न होने का पता चल जाता है।

◆◆◆

अपने कार्य की शीघ्र सिद्धि चाहने वाला व्यक्ति नक्षत्रों की परीक्षा नहीं करता।

◆◆◆

परिचय हो जाने के बाद दोष नहीं छिपाते।

◆◆◆

स्वयं अशुद्ध व्यक्ति दूसरे से भी अशुद्धता की शंका करता है।

◆◆◆

अपराध के अनुरूप ही दंड दें।

◆◆◆

कथन के अनुसार ही उत्तर दें।

◆◆◆

वैभव के अनुरूप ही आभूषण और वस्त्र धारण करें।

◆◆◆

अपने कुल अर्थात् वंश के अनुसार ही व्यवहार करें।

◆◆◆

कार्य के अनुरूप प्रयत्न करें।

◆◆◆

पात्र के अनुरूप दान दें।

◆◆◆

उम्र के अनुरूप ही वेश धारण करें।

◆◆◆

सेवक को स्वामी के अनुकूल कार्य करने चाहिए।

◆◆◆

पति के वश में रहने वाली पत्नी ही व्यवहार के अनुकूल होती है।

◆◆◆

शिष्य को गुरु के वश में होकर कार्य करना चाहिए।

◆◆◆

पुत्र को पिता के अनुकूल आचरण करना चाहिए।

◆◆◆

अत्यधिक आदर-सत्कार से शंका उत्पन्न हो जाती है।

◆◆◆

स्वामी के क्रोधित होने पर स्वामी के अनुरूप ही काम करें।

◆◆◆

माता द्वारा प्रताड़ित बालक माता के पास जाकर ही रोता है।

◆◆◆

स्नेह करने वालों का रोष अल्प समय के लिए होता है।

◆◆◆

मूर्ख व्यक्ति को अपने दोष दिखाई नहीं देते, उसे दूसरों के दोष ही दिखाई देते हैं।

◆◆◆

स्वार्थ पूर्ति हेतु दी जाने वाली भेंट ही उनकी सेवा है।

◆◆◆

बहुत दिनों से परिचित व्यक्ति की अत्यधिक सेवा शंका उत्पन्न करती है।

◆◆◆

अति आसक्ति दोष उत्पन्न करती है।

◆◆◆

शांत व्यक्ति सबको अपना बना लेता है।

◆◆◆

बुरे व्यक्ति पर क्रोध करने से पूर्व अपने आप पर ही क्रोध करना चाहिए।

◆◆◆

बुद्धिमान व्यक्ति को मूर्ख, मित्र, गुरु और अपने प्रियजनों से विवाद नहीं करना चाहिए।

◆◆◆

ऐश्वर्य पैशाचिकता से अलग नहीं होता।

◆◆◆

स्त्री में गंभीरता न होकर चंचलता होती है।

◆◆◆

धनिक को शुभ कर्म करने में अधिक श्रम नहीं करना पड़ता।

◆◆◆

वाहनों पर यात्रा करने वाले पैदल चलने का कष्ट नहीं करते।

◆◆◆

जो व्यक्ति जिस कार्य में कुशल हो, उसे उसी कार्य में लगाना चाहिए।

◆◆◆

स्त्री का निरीक्षण करने में आलस्य न करें।

◆◆◆

स्त्री पर जरा भी विश्वास न करें।

◆◆◆

स्त्री बिना लोहे की बेंड़ी है।

◆◆◆

सौंदर्य अलंकारों अर्थात् आभूषणों से छिप जाता है।

◆◆◆

गुरुजनों की माता का स्थान सर्वोच्च होता है।

◆◆◆

प्रत्येक अवस्था में सर्वप्रथम माता का भरण-पोषण करना चाहिए।

◆◆◆

स्त्री का आभूषण लज्जा है।

◆◆◆

ब्राह्मणों का आभूषण वेद है।

◆◆◆

सभी व्यक्तियों का आभूषण धर्म है।

◆◆◆

विनय से युक्त विद्या सभी आभूषणों की आभूषण है।

◆◆◆

शांतिपूर्ण देश में ही रहें।

◆◆◆

जहां सज्जन रहते हों, वहीं बसें।

◆◆◆

राजाज्ञा से सदैव डरते रहें।

◆◆◆

राजा से बड़ा कोई देवता नहीं।

◆◆◆

राज अग्नि दूर तक जला देती है।

◆◆◆

राजा के पास खाली हाथ कभी नहीं जाना चाहिए।

◆◆◆

गुरु और देवता के पास भी खाली नहीं जाना चाहिए।

◆◆◆

राजपरिवार से द्वेष अथवा भेदभाव नहीं रखना चाहिए।

◆◆◆

राजकुल में सदैव आते-जाते रहना चाहिए।

◆◆◆

राजपुरुषों से संबंध बनाए रखें।

◆◆◆

राजदासी से कभी शारीरिक संबंध नहीं बनाने चाहिए।

◆◆◆

राजधन की ओर आँख उठाकर भी नहीं देखना चाहिए।

◆◆◆

पुत्र के गुणवान होने से परिवार स्वर्ग बन जाता है।

◆◆◆

पुत्र को सभी विद्याओं में क्रियाशील बनाना चाहिए।

◆◆◆

जनपद के लिए ग्राम का त्याग कर देना चाहिए।

◆◆◆

ग्राम के लिए कुटुम्ब (परिवार) को त्याग देना चाहिए।

◆◆◆

पुत्र प्राप्ति सर्वश्रेष्ठ लाभ है।

◆◆◆

प्रायः पुत्र पिता का ही अनुगमन करता है।

◆◆◆

गुणी पुत्र माता-पिता की दुर्गति नहीं होने देता।

◆◆◆

पुत्र से ही कुल को यश मिलता है।

◆◆◆

जिससे कुल का गौरव बढ़े वही पुरुष है।

◆◆◆

पुत्र के बिना स्वर्ग की प्राप्ति नहीं होती।

◆◆◆

संतान को जन्म देने वाली स्त्री माँ कहलाती है।

◆◆◆

एक ही गुरुकुल में पढ़ने वाले छात्र-छात्राओं का निकट संपर्क ब्रह्मचर्य को नष्ट कर सकता है।

◆◆◆

पुत्र प्राप्ति के लिए ही स्त्री का वरण किया जाता है।

◆◆◆

पराए खेत में बीज न डालें। अर्थात् पराई स्त्री से सम्भोग (सेक्स) न करें।

◆◆◆

अपनी दासी को ग्रहण करना स्वयं को दास बना लेना है।

◆◆◆

विनाश काल आने पर दवा की बात कोई नहीं सुनता।

◆◆◆

देहधारी को सुख-दुःख की कोई कमी नहीं रहती।

◆◆◆

गाय के पीछे चलते बछड़े के समान सुख-दुःख भी आदमी के साथ जीवन भर चलते हैं।

◆◆◆

सज्जन तिल बराबर उपकार को भी पर्वत के समान बड़ा मानकर चलता है।

◆◆◆

दुष्ट व्यक्ति पर उपकार नहीं करना चाहिए।

◆◆◆

उपकार का बदला चुकाने के भय से दुष्ट व्यक्ति शत्रु बन जाता है।

◆◆◆

सज्जन थोड़े-से उपकार के बदले बड़ा उपकार करने की इच्छा से सोता भी नहीं।

◆◆◆

देवता का कभी अपमान न करें।

◆◆◆

आंखों के समान कोई ज्योति नहीं।

◆◆◆

आंखें ही देहधारियों की नेता है।

◆◆◆

आँखों के बिना शरीर क्या है?

◆◆◆

जल में मूत्र त्याग न करें।

◆◆◆

नग्न होकर जल में प्रवेश न करें।

◆◆◆

जैसा शरीर होता है वैसा ही ज्ञान होता है।

◆◆◆

जैसी बुद्धि होती है, वैसा ही वैभव होता है।

◆◆◆

स्त्री के बंधन से मोक्ष पाना अति दुर्लभ है।

◆◆◆

सभी अशुभों का क्षेत्र स्त्री है।

◆◆◆

स्त्रियों का मन क्षणिक रूप से स्थिर होता है।

◆◆◆

तपस्वियों को सदैव पूजा करने योग्य मानना चाहिए।

◆◆◆

पराई स्त्री के पास नहीं जाना चाहिए।

◆◆◆

अन्न दान करने से भ्रूण हत्या (गर्भपात) के पाप से मुक्ति मिल जाती है।

◆◆◆

वेद से बाहर कोई धर्म नहीं है।

◆◆◆

धर्म का विरोध कभी न करें।

◆◆◆

सत्य वाणी से स्वर्ग प्राप्त होता है।

◆◆◆

सत्य से बढ़कर कोई तप नहीं।

◆◆◆

सत्य से स्वर्ग की प्राप्ति होती है।

◆◆◆

सत्य पर संसार टिका हुआ है।

◆◆◆

सत्य पर ही देवताओं का आशीर्वाद बरसता है।

◆◆◆

गुरुओं की आलोचना न करें।

◆◆◆

दुष्टता नहीं अपनानी चाहिए।

◆◆◆

झूठ से बड़ा कोई पाप नहीं।

◆◆◆

दुष्ट व्यक्ति का कोई मित्र नहीं होता।

◆◆◆

संसार में निर्धन व्यक्ति का आना उसे दुखी करता है।

◆◆◆

दानवीर ही सबसे बड़ा वीर है।

◆◆◆

गुरु, देवता और ब्राह्मण में भक्ति ही भूषण है।

◆◆◆

विनय सबका आभूषण है।

◆◆◆

जो कुलीन न होकर भी विनीत है, वह श्रेष्ठ कुलीनों से भी बढ़कर है।

◆◆◆

याचकों का अपमान अथवा उपेक्षा नहीं करनी चाहिए।

◆◆◆

मधुर व प्रिय वचन होने पर भी अहितकर वचन नहीं बोलने चाहिए।

◆◆◆

बहुमत का विरोध करने वाले व्यक्ति का अनुगमन नहीं करना चाहिए।

◆◆◆

दुर्जन व्यक्ति के साथ अपने भाग्य को नहीं जोड़ना चाहिए।

◆◆◆

सदाचार से मनुष्य की यश और आयु दोनों बढ़ती है।

◆◆◆

अपने व्यवसाय में सफल नीच व्यक्ति को साझीदार नहीं बनाना चाहिए।

◆◆◆

पुरुष के लिए कल्याण का मार्ग अपनाना ही उसके लिए जीवन-शक्ति है।

◆◆◆

कठिन कार्य करवा लेने के उपरान्त भी नीच व्यक्ति कार्य करवाने वाले का अपमान ही करता है।

◆◆◆

कृतघ्न अर्थात उपकार न मानने वाले व्यक्ति को नरक ही प्राप्त होता है।

◆◆◆

उन्नति और अवनति वाणी के अधीन है।

◆◆◆

अपने धर्म के लिए ही कोई सत्पुरुष कहलाता है।

◆◆◆

स्तुति करने से देवता भी प्रसन्न हो जाते हैं।

◆◆◆

झूठे अथवा दुर्वचन लम्बे समय तक स्मरण रहते हैं।

◆◆◆

जिन वचनो से राजा के प्रति द्वेष उत्पन्न होता हो, ऐसे बोल नहीं बोलने चाहिए।

◆◆◆

कोयल की कुक सबको अच्छी है।

◆◆◆

प्रिय वचन बोलने वाले का कोई शत्रु नहीं होता।

◆◆◆

जो मांगता है, उसका कोई गौरव नहीं होता।

◆◆◆

सौभाग्य ही स्त्री का आभूषण है।

◆◆◆

शत्रु की जीविका भी नष्ट नहीं करनी चाहिए।

◆◆◆

बहुत पुराना नीम का पेड़ होने पर भी उससे सरौता नहीं बन सकता।

◆◆◆

एरण्ड वृक्ष का सहारा लेकर हाथी को अप्रसन्न न करें।

◆◆◆

पुराना होने पर भी शाल के वृक्ष से हाथी को नहीं बाँधा जा सकता।

◆◆◆

बहुत बड़ा कनेर का वृक्ष भी मूसली बनाने के काम नहीं आता।

◆◆◆

जुगनू कितना भी चमकीला हो, पर उससे आग का काम नहीं लिया जा सकता।

◆◆◆

समृद्धता से कोई गुणवान नहीं हो जाता।

◆◆◆

बिना प्रयत्न के जहां जल उपलब्ध हो, वहीं कृषि करनी चाहिए।

◆◆◆

जैसा बीज होता है, वैसा ही फल होता है।

◆◆◆

जैसी शिक्षा, वैसी बुद्धि।

◆◆◆

जैसा कुल, वैसा आचरण।

◆◆◆

शुद्ध किया हुआ नीम भी आम नहीं बन सकता।

◆◆◆

जो सुख मिला है, उसे न छोड़ें।

◆◆◆

मनुष्य स्वयं ही दुःखों को बुलाता है।

◆◆◆

लोक व्यवहार शास्त्रों के अनुकूल होना चाहिए।

◆◆◆

रात्रि में नहीं घूमना चाहिए।

◆◆◆

आधी रात तक जागते नहीं रहना चाहिए।

◆◆◆

बिना अधिकार के किसी के घर में प्रवेश न करें।

◆◆◆

पराए धन को छीनना अपराध है।

◆◆◆

किसी कार्यारंभ के समय को विद्वान और अनुभवी लोगों से पूछना चाहिए।

◆◆◆

अकारण किसी के घर में प्रवेश न करें।

◆◆◆

संसार में लोग जान-बूझकर अपराध की ओर प्रवृत्त होते हैं।

◆◆◆

शास्त्रों के न जानने पर श्रेष्ठ पुरुषों के आचरणों के अनुसार आचरण करें।

◆◆◆

शास्त्र शिष्टाचार से बड़ा नहीं है।

◆◆◆

राजा अपने गुप्तचरों द्वारा अपने राज्य में होने वाली दूर की घटनाओ को भी जान लेता है।

◆◆◆

साधारण पुरुष परम्परा का अनुसरण करते हैं।

◆◆◆

जिसके द्वारा जीवनयापन होता है, उसकी निंदा न करें।

◆◆◆

इन्द्रियों को वश में करना ही तप का सार है।

◆◆◆

स्त्री के बंधन से छूटना अथवा मोक्ष पाना अत्यंत कठिन है।

◆◆◆

स्त्री का नाम सभी अशुभ क्षेत्रों से जुड़ा हुआ है।

◆◆◆

अशुभ कार्य न चाहने वाले स्त्रियों में आसक्त नहीं होते।

◆◆◆

तीन वेदों, ऋग, यजु व साम को जानने वाला ही यज्ञ के फल को जानता है।

◆◆◆

स्वर्ग की प्राप्ति शाश्वत अर्थात् सनातन नहीं होती।

◆◆◆

जब तक पुण्य फलों का अंश शेष रहता है, तभी तक स्वर्ग का सुख भोगा जा सकता है।

◆◆◆

स्वर्ग-पतन से बड़ा कोई दुःख नहीं है।

◆◆◆

प्राणी अपनी देह को त्यागकर इंद्र का पद भी प्राप्त करना नहीं चाहता।

◆◆◆

समस्त दुखों को नष्ट करने की औषधि मोक्ष है।

◆◆◆

दुर्वचनों से कुल का नाश हो जाता है।

◆◆◆

पुत्र के सुख से बढ़कर कोई दूसरा सुख नहीं है।

◆◆◆

विवाद के समय धर्म के अनुसार कार्य करना चाहिए।

◆◆◆

प्रातःकाल ही दिन-भर के कार्यों के बारें में विचार कर लें।

◆◆◆

विनाशकाल आने पर आदमी अनीति करने लगता है।

◆◆◆

दान जैसा कोई वशीकरण मन्त्र नहीं है।

◆◆◆

पराई वस्तु को पाने की लालसा नहीं रखनी चाहिए।

◆◆◆

दुर्जन व्यक्तियों द्वारा संगृहीत सम्पत्ति का उपभोग दुर्जन ही करते हैं।

◆◆◆

नीम का फल कौए ही खाते हैं।

◆◆◆

समुद्र के पानी से प्यास नहीं बुझती।

◆◆◆

जिस प्रकार बालू अपने रूखे स्वभाव को नहीं छोड़ सकता, उसी प्रकार दुष्ट भी अपना स्वभाव नहीं छोड़ पाता।

◆◆◆

सज्जन दुर्जनों में विचरण नही करते।

◆◆◆

हंस पक्षी श्मशान में नहीं रहता। अर्थात् ज्ञानी व्यक्ति मुर्ख और दुष्ट व्यक्तियों के पास बैठना पसंद नहीं करते।

◆◆◆

समस्त संसार धन के पीछे लगा है।

◆◆◆

यह संसार आशा के सहारे बंधा है।

◆◆◆

केवल आशा के सहारे ही लक्ष्मी प्राप्त नहीं होती।

◆◆◆

आशा के साथ धैर्य नहीं होता।

◆◆◆

निर्धन होकर जीने से तो मर जाना अच्छा है।

◆◆◆

आशा लज्जा को दूर कर देती है अर्थात मनुष्य को निर्लज्ज बना देती है।

◆◆◆

आत्मस्तुति अर्थात् अपनी प्रशंसा अपने ही मुख से नहीं करनी चाहिए।

◆◆◆

दिन में स्वप्न नहीं देखने चाहिए।

◆◆◆

दिन में सोने से आयु कम होती है।

◆◆◆

धन के नशे में अंधा व्यक्ति हितकारी बातें नहीं सुनता और न अपने निकट किसी को देखता है।

◆◆◆

श्रेष्ठ स्त्री के लिए पति ही परमेश्वर है।

◆◆◆

पति का अनुगमन करना, इहलोक और परलोक दोनों का सुख प्राप्त करना है।

◆◆◆

घर आए अतिथि का विधिपूर्वक पूजन करना चाहिए।

◆◆◆

नित्य दूसरे को समभागी बनाए।

◆◆◆

दिया गया दान कभी नष्ट नहीं होता।

◆◆◆

लोभ द्वारा शत्रु को भी भ्रष्ट किया जा सकता है।

◆◆◆

मृगतृष्णा में सिर्फ जल की प्रतीति होती है।

◆◆◆

विनयरहित व्यक्ति को ताना देना व्यर्थ है।

◆◆◆

बुद्धिहीन व्यक्ति निकृष्ट साहित्य के प्रति मोहित होते हैं।

◆◆◆

सत्संग से स्वर्ग में रहने का सुख मिलता है।

◆◆◆

श्रेष्ठ व्यक्ति अपने समान ही दूसरों को मानता है।

◆◆◆

रूप के अनुसार ही गुण होते हैं।

◆◆◆

जहां सुख से रहा जा सके, वही स्थान श्रेष्ठ है।

◆◆◆

विश्वासघाती की कहीं भी मुक्ति नहीं होती।

◆◆◆

दैव (भाग्य) के अधीन किसी बात पर विचार न करें।

◆◆◆

श्रेष्ठ और सुहृदय जन अपने आश्रित के दुःख को अपना ही दुःख समझते हैं।

◆◆◆

नीच व्यक्ति हृदयगत बात को छिपाकर कुछ और ही बात कहता है।

◆◆◆

बुद्धिहीन व्यक्ति पिशाच अर्थात दुष्ट के सिवाय कुछ नहीं है।

◆◆◆

असहाय पथिक बनकर मार्ग में न जाएं।

◆◆◆

पुत्र की प्रशंसा नहीं करनी चाहिए।

◆◆◆

सेवकों को अपने स्वामी का गुणगान करना चाहिए।

◆◆◆

धार्मिक अनुष्ठानों में स्वामी को ही श्रेय देना चाहिए।

◆◆◆

राजा की आज्ञा का कभी उल्लंघन न करें।

◆◆◆

अपनी सेवा से स्वामी की कृपा पाना सेवकों का धर्म है।

◆◆◆

जैसी आज्ञा हो वैसा ही करें।

◆◆◆

विशेष कार्य को (बिना आज्ञा भी) करें।

◆◆◆

राजसेवा में डरपोक और निकम्मे लोगों का कोई उपयोग नहीं होता।

◆◆◆

नीच लोगों की कृपा पर निर्भर होना व्यर्थ है।

◆◆◆

बुद्धिमानों के शत्रु नहीं होते।

◆◆◆

शत्रु की निंदा सभा के मध्य नहीं करनी चाहिए।

◆◆◆

क्षमाशील व्यक्ति का तप बढ़ता रहता है।

◆◆◆

बल प्रयोग के स्थान पर क्षमा करना अधिक प्रशंसनीय होता है।

◆◆◆

क्षमा करने वाला अपने सारे काम आसानी से कर लेता है।

◆◆◆

साहसी लोगों को अपना कर्तव्य प्रिय होता है।

◆◆◆

दोपहर बाद के कार्य को सुबह ही कर लें।

◆◆◆

धर्म को व्यावहारिक होना चाहिए।

◆◆◆

लोक चरित्र को समझना सर्वज्ञता कहलाती है।

◆◆◆

तत्त्वों का ज्ञान ही शास्त्र का प्रयोजन है।

◆◆◆

कर्म करने से ही तत्त्वज्ञान को समझा जा सकता है।

◆◆◆

धर्म से भी बड़ा व्यवहार है।

◆◆◆

आत्मा व्यवहार की साक्षी है।

◆◆◆

आत्मा तो सभी की साक्षी है।

◆◆◆

कूट साक्षी नहीं होना चाहिए।

◆◆◆

झूठी गवाही देने वाला नरक में जाता है।

◆◆◆

पक्ष अथवा विपक्ष में साक्षी देने वाला न तो किसी का भला करता है, न बुरा।

◆◆◆

व्यक्ति के मन में क्या है, यह उसके व्यवहार से प्रकट हो जाता है।

◆◆◆

पापी की आत्मा उसके पापों को प्रकट कर देती है।

◆◆◆

प्रजाप्रिय राजा लोक-परलोक का सुख प्रकट करता है।

◆◆◆

मनुष्य के चेहरे पर आए भावों को देवता भी छिपाने में अशक्त होते हैं।

◆◆◆

चोर और राजकर्मचारियों से धन की रक्षा करनी चाहिए।

◆◆◆

राजा के दर्शन न देने से प्रजा नष्ट हो जाती है।

◆◆◆

राजा के दर्शन देने से प्रजा सुखी होती है।

◆◆◆

अहिंसा धर्म का लक्षण है।

◆◆◆

संसार की प्रत्येक वस्तु नाशवान है।

◆◆◆

भले लोग दूसरों के शरीर को भी अपना ही शरीर मानते हैं।

◆◆◆

मांस खाना सभी के लिए अनुचित है।

◆◆◆

ज्ञानी पुरुषों को संसार का भय नहीं होता।

◆◆◆

कीड़ों तथा मलमूत्र का घर यह शरीर पुण्य और पाप को भी जन्म देता है।

◆◆◆

जन्म-मरण में दुःख ही है।

◆◆◆

www.ingramcontent.com/pod-product-compliance
Lightning Source LLC
LaVergne TN
LVHW051104051026
849532LV00004BB/1427
* 9 7 8 8 1 9 4 4 1 5 1 8 3 *